「――分かったから、勘弁してくれ」

そう言うランスの手の隙間から覗く顔が赤く染まっていて、銀色の尻尾が落ち着かない様子で揺れているのにシェインは気付いた。

次の瞬間、自分がなんだかとんでもないことを伝えたような気になって、シェインの顔も真っ赤に染まった。

狼殿下と身代わりの黒猫恋妻

貫井ひつじ

22811

角川ルビー文庫

目次

口絵・本文イラスト／芦原モカ

第一章

長い戦《いくさ》の終わりが猫獣人《ねこじゅうじん》たちの住まうヴェルニル王国にもたらされたのは、ある晴れた日のことだった。

海の向こうの島国である狐《きつね》獣人たちが治めるアンデロ王国は、長きに渡《わた》ってヴェルニルの豊かな港と、その一帯の土地の権利を主張してヴェルニルに小競《こぜ》り合いを仕掛《しか》けていた。それが十数年前に、ついに宣戦布告という形をとってアンデロ王国の兵がヴェルニルに攻《せ》め込んできたのが戦の始まりである。

海上からの執拗《しつよう》な攻撃《こうげき》に辟易《へきえき》したヴェルニルの王族は、アンデロの主張が完全に不当なものであることを大陸各国へ訴《うった》え、隣国《りんごく》――狼《おおかみ》獣人の住まうウェロン王国から多数の兵を借り受けることに成功した。今回の戦の勝利も、ウェロンから参戦した狼獣人たちの活躍《かつやく》によるところが大きかった。

中でもウェロンの王弟《おうてい》にあたる銀狼《ぎんろう》の騎士《きし》ランフォードの働きは目覚ましかったと伝えられている。

ヴェルニルの王は、その活躍に大いに感激し、まだ未婚《みこん》の末息子《すえむすこ》――シェインを感謝と友好の証《あか》しに騎士ランフォードの伴侶《はんりょ》に送り出すことを決めていた。

男同士であるが、そもそも種族を越《こ》えた獣人同士では子が産まれない。だから、時に人質《ひとじち》として、友好の証しとして、同性同士の婚姻《こんいん》というのは獣人たちの間では盛んに行われていた。

――とはいえ、それは王都の話。

長閑《のどか》な丘陵《きゅうりょう》地帯が広がるヴェルニルの田舎町《いなかまち》ダンザには関係の無いことである。

「シェイン！　シェイーン！」

自分の名前を呼ぶ声に、シェインは立ち上がって声の方を振《ふ》り返る。

今日の仕事が終わって、使用人たちはそれぞれ休暇《きゅうか》が与《あた》えられていた。なのでシェインは裏庭の静かな一角で、ぼんやりと日向《ひなた》ぼっこを楽しんでいたところだった。

黒い髪《かみ》に覆《おお》われた頭頂部からは猫獣人独特の――髪と同じ色をした三角耳がひょっこりと顔を出し、腰《こし》のあたりでは長い尻尾《しっぽ》がゆらゆらと揺《ゆ》れている。駆《か》けてきたのはシェインと同じ屋《や》敷《しき》で下働きをしているリリアだった。

銀色の髪をした少女だ。動きやすい質素な裾《すそ》の長いスカート姿の彼女の手には、町に買い物に出る時に使われる籠《かご》が握《にぎ》られていた。慌《あわ》てているリリアの様子に、シェインは首を傾《かし》げた。

一体なにがあったのだろう。

「大変よ！　公爵《こうしゃく》様のご子息がいきなりいらっしゃったの！　お客様もつれて！」

シェインは驚《おどろ》いて菫色《すみれいろ》の瞳《ひとみ》を見開いた。

ここはロールダール公爵家が所有する領地である。当然、公爵家の邸宅《ていたく》も置かれている。しかし、公爵夫妻は王都に近い領地に拠点《きょてん》を置いており、やって来るのは避暑《ひしょ》の季節だけだ。今は、まだ春の終わり。王都が夏の強い日差しに襲《おそ》われるまで、大分間がある。

何より、やって来たのが屋敷の正当な持ち主である公爵夫妻でなく、その息子《むすこ》であるということが不思議だった。

「やって来たのは、五男のスコッツ様よ」

最悪、と言ってリリアが顔を歪《ゆが》める。

公爵夫妻には五人の子どもがいるが、どれも男ばかりだ。中でも五男のスコッツは、末っ子ということもあってか、幼少の頃《ころ》から粗暴《そぼう》で使用人たちを見下したような態度を取る。ダンザの公爵邸の使用人たちからの評判は頗《すこぶ》る悪い。

「マクガレンさんが、公爵様たちに確認《かくにん》の手紙を出したけれど、とにかく返事が来るまでは丁《てい》重《ちょう》におもてなししないといけないみたい。それで、あたしは買い物を任されたの。掃除《そうじ》やら料理やらてんてこまいみたいだから、早く戻《もど》ってあげてちょうだい」

リリアの言葉に素直《すなお》に頷《うなず》いて、シェインは屋敷の方へと足を踏《ふ》み出した。そこで思い出したようにリリアが言う。

「あ、それから、お客様には気を付けて！　あいつ性格最悪よ。案内しようとしたバーナードさんとアリス夫人に『下賤《げせん》な奴《やつ》らが触《ふ》れるな』なんて言ったのよ！」

さっさと追い出してやるんだから、と怒《いか》りで頬《ほお》を赤くしたリリアが、足音も荒《あら》く町の方へと走り出す。銀色の尻尾が、怒りのあまり逆立っている。

シェインは屋敷の様子が心配になって、思わず駆け出した。

公爵夫妻が留守の間、土地を取り仕切るのは管財人であるマクガレンの仕事だ。そして屋敷の維持《いじ》管理は、執事《しつじ》であるバーナードと、メイド頭《がしら》であるアリス夫人に任されている。使用人たちは公爵邸の中にある使用人棟《とう》で暮らしており、家族同然の付き合いをしていた。

慌てて屋敷の中に駆け戻ったシェインを見つけたのは、従僕のルナルドとジョイスだった。

「シェイン、リリアに話は聞いたか？」

縞模様《しまもよう》の毛並みを持ったルナルドは、リリアの恋人《こいびと》だ。シェインの面倒《めんどう》も兄のように見てくれている。

無言で頷くシェインに、その横に立つ茶褐色《ちゃかっしょく》の毛並みを持つジョイスが安心したような顔で言った。

「良かった。じゃあ、事情は分かってるな？　お前はなるべく表に出て来ない方が良い《い》。来ているのがスコッツ様だし、そのお連れ様も『とてもイイ性格』をしてらっしゃるみたいだ。何を言われるか分かったものじゃない。——厨房《ちゅうぼう》のグレッソンさんを手伝ってやってくれ」

その言葉に、ルナルドが神妙《しんみょう》な顔をして頷く。

「あの人、自慢《じまん》のスープにケチを付けられてカッカしてるから気を付けるんだぞ」

従僕二人からの忠告に、シェインはこくりと頷いて厨房に向かった。

もうもうと湯気が立つ厨房の中には、白い料理人服に身を包んだグレッソンが仁王立《におうだ》ちして、鍋《なべ》を睨《にら》みつけている。複雑な灰色に斑《まだら》模様の入った三角耳が、ぴくぴくと神経質に動いている。

毛並みがぶわりと逆立っている様子に、シェインは自分が到着《とうちゃく》することを告げるために、厨房のドアを二回ノックした。

「シェイン！」

振り向いたグレッソンが、顔を真っ赤にしながら言う。

「今日の客は最悪だぞ！　あの甘ったれのスコッツにさえ堪忍袋《かんにんぶくろ》の緒《お》が切れるというのに、客の方と来たら――私の自慢のスープに手すら付けず『こんな田舎料理なんて食べられない』と、そう言ったんだぞ！　味の一つも見ていないくせに、あのチビ猫め！」

いきり立つ寸胴《ずんどう》体型のシェフは、自分の料理に何よりも誇《ほこ》りを持っている。そして、その料理の腕前《うでまえ》は公爵夫妻も認めるところだ。

何より、シェフの偉《えら》いところはどんな食材であろうと、どんな相手に出す料理であろうと、決して手を抜《ぬ》かないところだ。お陰《かげ》で使用人棟に住まうシェインたちは日々、美味《おい》しい食事にありついている。だと言うのに、グレッソンの料理にそんな事を言うだなんて。

同情した顔をするシェインに、グレッソンは大きく息を吐《は》いて言った。

「シェイン、芋《いも》の皮を剝《む》いてくれ。一山も剝けば十分だ。今日の晩餐《ばんさん》に、お客様がフルコースをお望みだそうだ。せいぜい田舎料理の粋《すい》を極《きわ》めた料理をお出ししてやろうじゃないか」

怒りにブルブルと震《ふる》えながら仕込みに取りかかり始めたグレッソンに頷くと、シェインは貯蔵庫から芋を運び、厨房の隅《すみ》に置いて小刀を手に取り、その皮を剝き始めた。

「――もうっ、なんなんですか、あのお客！　最悪ですよ！」

しばらくして、厨房に駆け込んできたのはメイドのハンナだった。彼女は白い綺麗《きれい》な三角耳をしている。尻尾の先が黒いのがチャームポイントだ。下働きのリリアよりも長く屋敷に勤める彼女は、滅多《めった》なことでは怒《おこ》らない穏和《おんわ》な人柄《ひとがら》だというのに、その頰が今や怒りで真っ赤になっている。

「バーナードさんとアリス夫人をまるで自分の使用人みたいに顎《あご》で使ってるんですよ！　信じられない！　おまけに、私がお茶を淹《い》れようとしたら、『あんな下賤な娘《むすめ》が淹れたお茶を飲ませるつもり？』とか言って、わざわざアリス夫人にお茶を淹れさせたんですよ！　なんなんですか、あの礼儀《れいぎ》知《し》らずは！　スコッツ様は完全にのぼせ上がってるみたいで、注意の一つもしないし！」

最悪です、と地団駄《じだんだ》を踏みながら、尻尾を逆立てて怒り狂《くる》うハンナに、グレッソンが歯を食い縛《しば》った。

「マクガレンの手紙が公爵夫妻に届くまでの辛抱《しんぼう》だ。それにしても、バーナードは執事長で、アリスはメイド頭だぞ？　その二人を侍《はべ》らせて満足しているのか、その客は！」

二人はこの屋敷の家政を取り仕切る中心人物だ。

本来の仕事は細かいところに目を配り、屋敷で働いている者たちの仕事の割《わ》り振りを考え、足りない部分を補うために動く。だと言うのに、その二人が客人に掛《か》かり切りでは、屋敷の者たちの仕事に差し障《さわ》りが出るのは目に見えている。

「マクガレンさんがスコッツ様に言ったんですけど、他《ほか》のメイドや従僕じゃあ、お客様のお眼《め》鏡《がね》に適《かな》わなかったんですって！　そうしておいて、『他に比べたらまだマシ』だなんて言うんですよ!?　私たちの執事長と、メイド頭に向かってなんてことを！」

今にも客人に爪《つめ》を出して襲いかからんばかりの剣幕《けんまく》のハンナに、シェインは狼狽《うろた》えながら戸《と》棚《だな》の中からグレッソンがおやつに焼いてくれた焼き菓子《がし》を一つ出して手渡《てわた》した。彼女の大好物だ。それを見て、少し落ち着きを取り戻したらしいハンナは、シェインに笑いかけて、焼き菓子にかじり付いた。

「そうだ、疲《つか》れた時には甘いものだ」

その様子を見ていたグレッソンが叫《さけ》んで、肉切り包丁を振り回しながら言った。

「あの甘ったれた末息子といけ好かない客が出て行った暁《あかつき》には、私が盛大に腕を振るったお茶会を開いてやろう！　マクガレンの好物を目《め》一杯《いっぱい》作ってやる！　ハンナはそこで、バーナードとアリスのためにお茶を淹れてやると良い！」

ぺろりと菓子《かし》を平らげたハンナは、気を取り直したように頷いて、それから厨房の出入り口に向かった。

「それを聞いて元気が出ました！　他の皆《みんな》にも、言っておきます。——シェイン、あなたはあの二人の前に出て行かないようにするのよ。何を言われるか分かったものじゃないわ」

「そうだ！　うちの末王子を、あんな奴らの目に晒《さら》してやる必要はない！」

グレッソンが大声で肯定《こうてい》するのに、シェインは困ったような顔をして笑う。『うちの末王子』というのは、シェインがたまたまヴェルニルの国の末王子と同じ名前を持っていることからからかい半分に呼ばれるようになったあだ名だ。ここで年齢《ねんれい》が一番下であろう下働きのシェインは、これ以上ないぐらい使用人たち一同から目をかけられている。

客室の支度《したく》をしなければ、と言い残したハンナが慌《あわ》ただしく厨房を飛び出していく。どんな物事も整然と取り仕切る頼《たよ》れる執事長とメイド頭を欠いた屋敷《やしき》の中は、雑然としていて慌ただしい。屋敷に来てから初めての騒動《そうどう》に不安になって、シェインは芋の皮を剝きながら、落ち着かない様子で黒い尻尾《しっぽ》を揺《ゆ》らした。


シェインは、喋《しゃべ》ることが出来ない。


いつから声が出ないのか、は覚えていない。幼少期の頃の記憶《きおく》は、いつだって暗鬱《あんうつ》としていてぼやけている。だから、シェインも努めて思い出そうとしたことは無い。

シェインは元々、王都で酒浸《さけびた》りの母親と二人——狭《せま》い住居に身を寄せ合って暮らしていた。

ある日、母親が失踪《しっそう》し、容赦《ようしゃ》なく住まいを追い出されてから王都を当てもなくさ迷っていた。喋ることの出来ないシェインに仕事を与《あた》えてくれるような物好きはおらず、物乞《ものご》いをしようにも声を出して訴《うった》えることの出来ないシェインに稼《かせ》げる金など殆《ほとん》ど無かった。

遂《つい》にどうしようもなくなって雨の中、道端《みちばた》に倒《たお》れていたところを——公爵《こうしゃく》夫妻の用事で王都を訪《おとず》れていたマクガレンに拾われて、ダンザの屋敷に連れて来られたのだ。

一見すると厳《いか》めしい執事長のバーナードは、声の出ないシェインに文字を教えてくれた。

メイド頭のアリス夫人は、シェインの手先の器用さを買って、声を出さなくてもこなせる仕事をあれこれ見繕《みつくろ》ってくれた。

グレッソンは痩《や》せっぽっちのシェインを見て、「なんて見窄《みすぼ》らしい黒猫《くろねこ》だ！　私の料理で太らせて艶々《つやつや》の毛並みにしてやる！」と、料理をこれでもかと食べさせてくれた。

従僕のルナルドもジョイスも、メイドのハンナも、下働きのリリアも元を正せば、シェインと同じような境遇《きょうぐう》だったらしい。そのために、何かと世話を焼いてくれて——シェインはまるで本当に大家族の末っ子になったような気がした。

自分ほど幸運な者はいないだろうな、とシェインはよく思う。

あのまま王都の冷たい道端で倒れて死んでいたっておかしくは無かったのだ。それなのに、ここでは家族のように接してくれる仲間と共に、暖かい屋根の下で食事にありつくことが出来る。文字を覚えたおかげで、拙《つたな》いながら意思の疎通《そつう》が出来るし、笑い合うことも出来る。偶《たま》に訪れる公爵夫妻は、領地の運営が健全にされていればそこの使用人たちに対して興味を持たない人たちだ。こんな幸せな生活が、ずっと続けば良《い》い。

シェインが望んでいるのは、そんなささやかなことだ。

それが――。


「ふぅん、これが『シェイン』ねぇ――？」


値踏《ねぶ》みする真っ黒な瞳《ひとみ》に、じわりと嫌《いや》な汗《あせ》が湧《わ》く。

目の前にいるのは、公爵夫妻の末息子《すえむすこ》であるスコッツが連れて来た客人だった。

黒い艶やかな毛並みは、十分に手入れされて黒絹のように美しい。それに顔は愛らしく、とても美しかった。ただし、口から飛び出す言葉は、どこかこちらを馬鹿《ばか》にするような毒に満ちていて、黒曜石のような瞳には常に軽蔑《けいべつ》の色がちらついているけれど。

執事長《しつじ》のバーナードが、シェインを呼びに来たのは、晩餐《ばんさん》が終わってしばらくのことである。

ダラダラと時間をかけたのに、スコッツも客人も消費したのは酒ばかりで、料理に殆ど手が付けられた様子は無く、誇り高い料理人が怒《いか》り狂っていた厨房《ちゅうぼう》。そこにいつもは威風堂々《いふうどうどう》とした金色に近い毛並みをした執事長が疲労困憊《ひろうこんぱい》の態《てい》でやって来て、シェインを呼んだのだ。

スコッツ様が呼んでいる、と。

「なんだと？」

困惑《こんわく》するシェインに代わって声を上げたのは、それまで怒りに燃えていたグレッソンだった。

声に不審《ふしん》を滲《にじ》ませて、グレッソンがバーナードに言う。

「あの不良息子が、うちの末王子に何の用だ？」

バーナードが暗い顔で首を振《ふ》った。

「それは私にも分からない。ただ、『シェインという使用人を連れて来い』と命じられただけだ。理由を訊《たず》ねても教えて下さらなかった」

「上手《うま》く断れないのか。お前とアリスが振り回される相手だぞ。シェインを連れて行ったら、どんな目に遭《あ》わされることか」

「私もアリスもそう思って必死に断ったのだが、無駄《むだ》だった。言うことを聞けないなら、公爵夫妻に言いつけてクビにするとまで言われてしまっては——私たちも逆らえない」

「あの甘ったれにそんな権限があるものか！　この領地の管財人はマクガレンだぞ！　公爵夫妻がダンザの町と屋敷に対する権限を与えているのはマクガレンだ！　それを差し置いて、あの小僧《こぞう》！」

「しかし、相手は公爵夫妻のご子息だ。夫妻からの指示があるまで敬意を持って接し、もてなすことしか私たちには出来ないんだ……シェイン、大丈夫《だいじょうぶ》か？　一緒《いっしょ》に来られるか？」

バーナードに改めて聞かれて、シェインは戸惑《とまど》いながらも頷《うなず》いた。洗い物の手を止めて、グレッソンの方を振り向けば、不機嫌《ふきげん》な料理人は言う。

「あの馬鹿共の酒に、とびっきりの薬草を混ぜてやろうか。私の故郷で良く効く眠《ねむ》り薬だ。証《しょう》拠《こ》を残すような真似《まね》はしないぞ。公爵夫妻からの返信が届くまで、ずっと眠らせておけば良い」

「これ以上、滞在《たいざい》が長引くならそうして貰《もら》おう。とにかく、今をなんとか乗り切らねば——」

行こう、シェイン。

苦々しい声で促《うなが》すバーナードに、シェインは不安なまま頷いて、その後ろに付いて行く。

整えられた客室に足を踏《ふ》み入れると、ふくよかな顔にいつもは太陽のような笑顔《えがお》を見せるアリス夫人が、自慢《じまん》のオレンジ色の毛並みをくすませて疲れ切った顔で部屋の隅《すみ》に控《ひか》えている。

バーナードに連れられて入室したシェインを見て、その目に心配げな色が浮かぶ。シェインは困ったように首を傾《かし》げたまま、精一杯《せいいっぱい》安心させるような笑みを浮《う》かべて見せた。

公爵家の特徴《とくちょう》的な、クリーム色に先端《せんたん》だけが濃厚《のうこう》な茶色をした三角の耳。そばかすが顔に散っていて、どこか傲慢《ごうまん》そうな表情をしているのがスコッツだ。従僕のルナルドやジョイスより年が上の筈《はず》なのに、どうしてか酷《ひど》く幼く見えた。横柄《おうへい》な声でスコッツが言う。

「そのシェインという使用人だけをおいていけ。お前らはもう下がって良いぞ」

バーナードが素早《すばや》くその言葉に反論する。

「この者だけを残して、何か粗相《そそう》があっては困りますので、私共は一緒におります」

アリス夫人も、バーナードの言葉に応ずるように部屋から出て行く様子を見せない。それに客室の奥から邪険《じゃけん》な声が答えた。

「――うるさいなぁ、主人が出て行けって言ってるんだから使用人は黙《だま》って従えないの？」

酔《よ》ったような声がそう言って、酷く乱れた格好の黒耳を生やした猫獣人《ねこじゅうじん》が姿を現した。

客人の姿を見た使用人たちが口を揃《そろ》えて「容姿だけは愛らしい」と表していた通り、愛らしい顔をしている。けれども態度はスコッツのそれよりも尊大で横柄だった。

「使用人の監督《かんとく》は執事長とメイド頭《がしら》である私たちの仕事です。万が一のことが起こっては、公爵夫妻に申し訳が立ちませんので」

「万が一のことを起こす心配があるわけ、この使用人は？　そんなのを公爵家の別邸《べってい》で雇《やと》っているなんて、どういうこと？」

「使用人の監督は私たちの責任ですが、雇用《こよう》に関しては管財人のマクガレンの管轄《かんかつ》です。説明が必要でしたらお呼びしましょうか」

「嫌だよ、あの眼鏡親父《めがねおやじ》。口煩《くちうるさ》いったらないんだから。スコッツがやることなすことに文句を言うばっかりなんだもの。この家は、スコッツの両親のものだから、ほとんどスコッツの物みたいなものでしょう？　なのにさぁ」

どことなく甘ったれた口調で言って、尻尾を意味ありげに揺らす。その様子は酷く退廃《たいはい》的で、この屋敷にそぐわないものだった。

スコッツは、そんな黒猫を陶酔《とうすい》したような目で見つめている。

シェインは困惑した。

——どうして自分はこの場に連れて来られたのだろう。

バーナードとアリス夫人は、スコッツと押し問答をしたが、今にも癇癪《かんしゃく》を爆発《ばくはつ》させそうなスコッツの顔に、一度引き下がることに決めたらしい。二人揃って心配げな顔をしたまま、客室を出て行った。

それから、客人の黒猫獣人から不躾《ぶしつけ》に眺《なが》められて——不意に尻尾《しっぽ》に走った鋭《するど》い痛みに、シェインは声にならない悲鳴を上げた。

「————ッ」

「へぇ、本当に声が出ないんだ」

シェインの尻尾の先端に思い切り爪《つめ》を立てておいて、悪びれる様子も無くどこか面白《おもしろ》そうな声で客人が言う。

「そして名前が『シェイン』ね。こんな見窄らしい猫獣人がそんな名前を名乗ることは不敬だと思っていたけど、これは悪くないね。都合が良い」

ふふふ、と愛らしい顔で笑う客人の声には、どことなく毒がある。痛む尻尾を押さえることも許されず、直立不動の姿勢を余儀《よぎ》なくされるシェインの前で、客人は軽《かろ》やかにスコッツの方へ歩み寄った。

「さすがスコッツだよ。これなら僕の計画を完璧《かんぺき》に遂行《すいこう》できるもの。やっぱり頼《たよ》りになるのは、スコッツだね」

媚《こ》びるような声と共に、客人が躊躇《ちゅうちょ》無くスコッツの唇《くちびる》に唇を押し当てた。

シェインはその様子を見て固まった。

猫獣人はどちらかと言えば性に奔放《ほんぽう》で、愛情表現を隠《かく》さない種族だ。同性同士の恋愛《れんあい》も、それなりに盛んではあるが、とはいえ口づけをした相手は公爵《こうしゃく》家の人間である。それなりの礼節が求められる。

だと言うのに、その相手に恥《は》ずかしげも無くそんな振る舞《ま》いをして、そしてされた相手であるスコッツも、咎《とが》めることなく喜んで口づけを受け入れている。そのことがシェインの混乱に拍車《はくしゃ》をかけた。

――この二人は、一体？

スコッツが自慢げに言う。

「そうだろう？　マクガレンの奴《やつ》が煩く言ってくる前に、さっさと屋敷《やしき》を出れば良い。馬車はもう手配してある」

「そうだね、僕は急いで王都に戻《もど》らないと行けないもの。あぁ、良かった。これで忌《い》まわしい結婚《けっこん》話とおさらば出来る」

弾《はず》んだ声で言った黒猫獣人の瞳が、妖《あや》しい色をしてシェインを射貫《いぬ》く。

「僕の身代わりに、ぴったり」

ふふふ、と笑うその顔は、愛らしいのになぜか酷く邪悪《じゃあく》に見えた。

その夜、突然《とつぜん》やって来た公爵家の子息とその客人は、慌《あわ》ただしく屋敷を去っていった。それと同時にシェインという下働きの青年が姿を消して——屋敷が騒然《そうぜん》とするのに時間はかからなかった。

＊＊＊＊＊

ヴェルニル王国から、末王子シェイン・クロス・ヴァリーニを乗せた馬車がウェロン王国の都に着いたのは予定より大分遅《おく》れてのことだった。

馬車での長旅に慣れていない王子が、一日に数時間の休憩《きゅうけい》を入れるようにウェロン王国から迎《むか》えに来た者たちに言いつけたのが、その原因である。

下賤《げせん》の者たちに顔を晒《さら》したくないと言い捨て、ヴェールで顔を隠し、何やら焚《た》きしめた香《こう》の匂《にお》いでその体臭《たいしゅう》すら隠すという徹底《てってい》ぶりを見せたヴェルニルの末王子の傲慢さに、ウェロンの者たちは口には出さずとも気分を害していた。偶《たま》に馬車の中から発せられる横柄な要求によって、度々《たびたび》馬車を止めざるを得なかったことも追い打ちをかけた。

そもそもヴェルニルとウェロンでは、文化も風習も違《ちが》いすぎる。

猫獣人が治めるヴェルニルは、手先が器用で発達した手工業の生産品で財をなしている。一方の狼《おおかみ》獣人が治めるウェロンは、肥沃《ひよく》な土地を有する農業国だ。上流階級が優雅《ゆうが》に暮らし礼《れい》儀《ぎ》作法を重んじるヴェルニルとは正反対に、ウェロンは上流階級の者が率先《そっせん》して国を守り武を重んじる。

何よりヴェルニルの末王子は年若いというのに散々に男女問わず多くの者たちと浮き名を流し、その性の奔放《ほんぽう》さに対しても眉《まゆ》を顰《ひそ》める者が多かった。

たとえ結婚しても、ある程度の浮気《うわき》が許される猫獣人たちの習慣も、一度伴侶《はんりょ》を得れば相手が死ぬまで——死んでも伴侶を替《か》えない狼獣人たちには受け入れ難《がた》いものがある。

そんな末王子の要求は、旅路の後半からぱったりと無くなった。

我が儘《まま》の種が尽《つ》きたのか、疲《つか》れ切ってしまったのか。これ幸いとばかりに馬車を進め、一行がウェロンの都に入り、城に先触《さきぶ》れを送って出迎《でむか》えをするように知らせたのは昼過ぎのことである。

無骨な石造りの城の前に、ずらりと並んだのは武装した兵と、重鎮《じゅうちん》たちである。ウェロンの礼装は軍服だ。なので全員、帯剣《たいけん》をして武具に身を包んでいる。物々しい重厚《じゅうこう》な雰囲気《ふんいき》が漂《ただよ》う中で、末王子を乗せた馬車の扉《とびら》が開かれた。

道中の王子の我が儘についてでは、既《すで》に城中の者に知れ渡《わた》っている。さぞ、尊大に降りてくるのであろう末王子を迎える城の者たちの反応は冷ややかだった。

今回の花婿《はなむこ》──王弟《おうてい》のランフォード・フェイ・ルアーノも、その中の一人である。

王家に受け継《つ》がれる銀色の毛並み。がっしりとした体軀《たいく》に、鋭い緑の瞳《ひとみ》。ただ、顔の下半分は革製《かわせい》の防具に覆《おお》われていて、その表情を見たことのあるものはほとんどいない。

ランフォードは無表情に開いた馬車の扉を眺めている。

そもそも、ランフォードは今回の縁談《えんだん》に対して全く乗り気で無かった。縁談を持ってきたのは、他《ほか》ならぬ実兄《じっけい》にして現国王のレンフォード・フェイ・ルアーノである。

いつまで経《た》っても伴侶を見つけようとしない弟の将来を案じて、ヴェルニルの国王の申し出をわざと受け入れたらしい。

「あの末王子と結婚させられるのが嫌《いや》なら、早く伴侶を見つけてくるといい」

それが王たる兄の言い分で、余計な世話だとランフォードは辟易《へきえき》する。

鼻の下から口までを覆う防具は、敵からの襲撃《しゅうげき》に備える一方で、敏感《びんかん》すぎる嗅覚《きゅうかく》を保護するためにランフォードが幼い頃《ころ》から着用しているものだ。

獣人たちは鼻の良い種族が多く、狼獣人は中でもその特性が強いが、ランフォードは幼少から取り分け鼻が利《き》いた。

汗一滴《あせいってき》。

それだけで、相手がどんな感情を抱《いだ》いているのかを見抜《みぬ》くことが出来るほどだった。

血筋のために身を置くことになった政治の世界では、その鼻は却《かえ》って害になった。相手が真実を言っているのか、嘘《うそ》を言っているのか。それをすぐに見抜いてしまうランフォードは、思っていることと真逆のことを口にして、それが良しとされる政治の世界を見せつけられて人間不信になった。

そのため兄に政治の一切《いっさい》を任せて、ひたすら武人としての腕《うで》を磨《みが》いてきた。

それだと言うのに、よりによって猫獣人《ねこじゅうじん》の嫁《よめ》をあてがわれる日が来ようとは——。

思ったところで、ふと、ランフォードは眉を寄せた。

開け放たれた扉からは、一向に人の姿が見えない。いや、それどころか——。

——悲しい。怖《こわ》い。悲しい。辛《つら》い。悲しい。寂《さび》しい。悲しい。

怖い。

怖い。

怖い。

いつまで経っても姿を見せない王子に、集まった者たちがざわめき始めた。

今回の戦《いくさ》で勝てたのはウェロンの力があってのことだというのに、ヴェルニルの王子はどこ

らだ。

まで傲慢《ごうまん》なのか。

そんな憤《いきどお》りの声が徐々《じょじょ》に広がる中、ランフォードは足を踏《ふ》み出す。惹《ひ》かれたのは、己《おのれ》の花嫁の顔を確かめようという気持ちからではなく、単純に馬車から漂う感情の匂いが気になったか
その様子に、沈黙《ちんもく》が落ちた。

王弟にして、国一番の武人であるランフォードは、城の者たちからの信頼《しんらい》が厚い。その人が動いたのだから、視線は当然ランフォードに集中する。

ランフォードはそんな視線など気にかけずに、馬車に近寄るとその中をのぞき込んだ。

途端《とたん》に、もう消えそうな甘ったるい香の匂いがした。それから、複数の者たちと交わったことのある者特有の体臭も。

しかし、それらは微《かす》かで薄《うす》い。

ランフォードは目を凝《こ》らした。豪奢《ごうしゃ》な外装の割りに薄暗い馬車の中。

座席の隅《すみ》に丸まって震《ふる》える、華奢《きゃしゃ》な姿。

「――シェイン・クロス・ヴァリーニ？」

呼びかければ、その華奢な肩《かた》がびくりと跳《は》ねる。薄暗がりの中、ランフォードを見返した瞳は、泣き腫《は》らした菫色《すみれいろ》だった。

ぽろぽろと、その瞳から瞬《まばた》きの度に涙《なみだ》の粒《つぶ》がこぼれて落ちる。

ランフォードは困惑《こんわく》した。

ヴェルニルの末王子は、自分の美貌《びぼう》を鼻にかけた傲慢で享楽《きょうらく》的な性格だと聞き及《およ》んでいた。だと言うのに——。

鼻を覆っているというのに、叩《たた》きつけるように訴《うった》えかけてくる強烈《きょうれつ》な感情は、ひたすらに「悲しい」「辛い」「怖い」とばかり言っていた。こちらに対する軽蔑《けいべつ》も、不遜《ふそん》も、高慢《こうまん》さも微《み》塵《じん》も感じさせない。何より、その体臭はさらりとしていて——無垢《むく》だった。

馬車の中の微かな残り香《が》とは、似ても似つかない。

——これが、ヴェルニルの末王子なのか？

まるで幼子のように感情を剥《む》き出しにして、泣きじゃくる相手に、さすがのランフォードも立ち尽くすしか無かった。

「——具合が、悪いのか？」

ランフォードは困惑のまま問いかける。

長らく武人として生きて、ほとんどを戦場で過ごしてきたランフォードは、元が寡黙《かもく》だったこともあり、泣いている相手に対する慰《なぐさ》めの言葉など知らない。

ランフォードの問いかけに、びくりと華奢な体が震える。菫色の大きな目から、新しい雫《しずく》がこぼれて落ちた。

漂ってくる涙からは、圧倒《あっとう》的な怯《おび》えを感じた。

怖い。

怖い。

怖い。

菫色の瞳が、涙と共に懸命《けんめい》にその感情を伝えてくる。それに軽く目眩《めまい》を感じる。落ち着こうとして、ランフォードは息を吐《は》いた。

――いつまでもこうしている訳にはいかない。

王子の出迎えのために多くの者たちが待機している。しかし、目の前の相手はどう考えてもその歓迎《かんげい》に耐《た》え得《う》るようには見えない。

ランフォードの逡巡《しゅんじゅん》は短かった。

馬車から体を反転させて、短く通る声で告げる。

「出迎えはまた改めて行う。王子は体調を崩《くず》しているようだ。私の居城でしばらく静養させる」

言って、そのまま華奢な体に手を伸《の》ばす。触《ふ》れた途端に、痛々しいほどの緊張《きんちょう》が細い体から伝わってくる。しかし、ここに相手を放置しておくわけにもいかない。

ランフォードの口から決定事項《じこう》として放たれた言葉に、少しのざわめきが起きたが、命令系統がハッキリしており、それに従うことに慣れた城の者たちは行儀《ぎょうぎ》よく解散していった。

ガチガチに体を強《こわ》ばらせた華奢な体を他の視線から隠《かく》すように抱き上げると、ランフォードは大股《おおまた》に歩き出す。そのまま王弟の居城として与《あた》えられた城の一郭《いっかく》に、猫獣人を運び込んだ。

＊＊＊＊＊

「ウェロン王国の騎士《きし》ランフォードは、いつも顔を隠している戦場好きの変人らしいよ。常に顔を隠していないといけないだなんて、どれだけ醜《みにく》い顔をしているんだか。いくら武功があるからって、そんな男に僕を嫁《とつ》がせるなんて、お父様は頭がどうかしているに違《ちが》いないよ――おまけに供は一人も付けてくるな、なんて。そんな条件あると思う？　誰《だれ》があんな野蛮《やばん》な国に」

可愛《かわい》らしい顔に似付かわしくない毒を吐き、美しい黒い毛並みの猫獣人が笑って言う。

「君には、僕としてウェロンに嫁いで貰《もら》うよ。もしも、見破られたりしたら――君の大事な仲間が酷《ひど》い目に遭《あ》うからね。それを忘れないでよ、偽者《にせもの》くん」

愛らしい外見と裏腹に、恐《おそ》ろしいことを口にしながら、シェインと名前だけは同じ――ヴェルニルの末王子はそう言った。

何もかも展開が速くて頭が追いつかない。

ダンザの公爵《こうしゃく》家の別邸《べってい》から荷物のように袋《ふくろ》に詰《つ》め込まれて連れ出されたシェインは、逃《に》げ出せないように縛《しば》り付けられたまま、かなりの距離《きょり》を馬車で移動させられた。

シェインが逆らったり、暴れたりしたら――マクガレンたちに危害が及ぶ。

そう言われてしまえば、抵抗《ていこう》など出来るはずが無かった。

そもそも相手はヴェルニルの王族と、公爵家の人間だ。身寄りのない平民であるシェインが逆らうことなど出来る筈《はず》が無い。そして助けを呼ぼうにも、声が出ないシェインには悲鳴の一つも上げることが出来ない。

スコッツは、怯えきったシェインの様子も気にせず、熱に浮《う》かされたように未来への華々《はなばな》しい計画を語っていた。

「お前がシェインと入れ替《か》わったら、俺たちはベルクムーサに行くんだ。教会で式さえ挙げればこっちのものだ。お前はせいぜい、狼《おおかみ》獣人《じゅうじん》の慰み者にして貰うことだ」

ベルクムーサは、ヴェルニルの南方にある宗教の特別区である。猫獣人の祖を祀《まつ》る霊廟《れいびょう》があった。ヴェルニル王国のいたるところにある神殿《しんでん》は、ベルクムーサの支部であり、神聖な誓《ちか》いや儀式は、特別な訓練を受けた司祭たちが取り仕切っていた。

その地域にだけは、王族も手を出せない。特にベルクムーサの神殿で婚姻《こんいん》を誓った者たちは、神によって婚姻を認められたものとされ、それは王族であっても反故《ほご》に出来ない効力を持っていた。そのため、結婚を認められない者たちや、望まない相手との結婚を強制されそうな者たちは、こぞってベルクムーサに逃げ出すのが常だった。

とは言え、宗教の特別区――というだけあって場所は南方の崖《がけ》の上という過酷《かこく》なところにある。辿《たど》り着ける者は一握《ひとにぎ》りだ。ベルクムーサで実際に式を挙げた者は数えるほどで、大抵《たいてい》はその途中《とちゅう》で家族に連れ戻《もど》されたり、険しい道中に心変わりする者さえいる。

まさか、そのベルクムーサに、王族と公爵の血を引く者たちが逃げようとするとは。

それも他国の王族との結婚を控《ひか》えた身の上で。

「じゃあ、ちゃんと僕の身代わりをやってよ。『シェイン様』」

入れ替わって放《ほう》り込まれた馬車の中。

その言葉と共に扉《とびら》が閉められて、シェインはひたすら途方《とほう》に暮れた。

シェインに、王族の真似事《まねごと》など出来る筈が無い。

使用人としての最低限の礼儀作法は、バーナードを筆頭とする他《ほか》の使用人たちが教え込んでくれた。けれども、喋《しゃべ》ることが出来ないのを理由にシェインは裏方の仕事に回されることが多かったし、屋敷《やしき》の持ち主であった公爵夫妻の姿さえ数えるほどしか見たことが無い。

立ち居振《ふ》る舞《ま》いなど、どのようにしたらいいのか全く分からない。

何より――このまま、ヴェルニルの末王子としてウェロンに赴《おもむ》くということは、ウェロンの国の人たちを騙《だま》す事になるのではないだろうか。そして、祖国であるヴェルニルの人たちをも。

自分が、これから犯《おか》さざるを得ない罪の大きさにシェインは震えた。

どうなるのだろう。

どうなってしまうのだろう。

どうしたら良いのだろう。

揺《ゆ》れる馬車の中。永遠とも思われるような時間の中で、答えの出ない自問自答を繰《く》り返している内に、馬車が停まって——遂に扉が開いた。

外にはたくさんの人の気配がした。

ヴェルニルの末王子を歓迎してのことだろう。

けれども、その歓迎にどうやって応えれば良いのか——シェインには見当も付かない。

逃げ場はどこにもない。

助けを求めるための声も持たない。

故意でないにしろ、シェインはヴェルニルの王族を騙ったことになる。きっと何らかの罰が下されるに違いない。

そこまで考えて思い出したのは、家族とも呼べる使用人棟の仲間たちの顔だった。

王都でのたれ死んでいたかも知れないシェインを拾って、ダンザの暖かい屋敷に連れて行ってくれたマクガレンにもっと感謝を伝えておけば良かった。

執事長のバーナードと、メイド頭のアリス夫人は、きっと自分を心配しているに違いない。

二人にも、もっとお礼と感謝を伝えておくべきだった。

短気で口が悪いけれど、シェインの少食に呆れた顔で「もっと食べろ、もっと食べろ」と口煩いほど皿に料理を盛りつけるグレッソンへ、美味しい食事と気遣いの礼を伝えれば良かった。

シェインを弟のように可愛がってくれた従僕のルナルドとジョイスにも、美味しいお茶の淹れ方を教えてくれたハンナにも、下働きの仲間としていつも気を遣って励ましてくれていたリリアにも。

シェインは何一つ、お礼も感謝も伝えられていない。

あの暖かい場所を、こんな形で失うなんて思いも寄らなかったのだ。口が利《き》けないことは何の言い訳にもならない。だってバーナードが字を教えてくれたのだから、折に触《ふ》れ文字で思いを伝えておけば良かったのだ。

後悔《こうかい》ばかりが押し寄せてくる。

あの場所には、二度と戻れないだろうという確信だけがあった。

そんな風に開いた扉から出て行くことも出来ず、馬車の中で震《ふる》えながら——どれぐらいが経《た》っただろう。

「シェイン・クロス・ヴァリーニ？」

物々しく武装した狼獣人が、いつ間にか馬車の中をのぞき込んでいる。

光を跳《は》ね返す銀髪《ぎんぱつ》に、新緑に似た緑の瞳《ひとみ》がシェインを捉《とら》えた。顔の下半分は、防具で隠してしまっているので、どんな表情をしているのかよく分からない。

呼びかけに反応も出来ず、シェインはひたすら身を縮めた。

涙《なみだ》が後から後から溢《あふ》れて止まらない。

滲《にじ》む視界の中で、相手は少し困惑《こんわく》したような声で言う。

「具合が、悪いのか？」

気遣われているのが分かる。けれども、それに答える言葉も声もシェインは持たない。声が出たところで弁明が出来るだろうか。こうしてヴェルニルの王子として馬車で乗り付けた時点で、シェインはただの罪人だ。

いつまで経っても答えないシェインに、相手は少し考えるように沈黙《ちんもく》して、それから馬車の外に向かって何事かを言った。

大勢の人の気配が、少しずつ遠ざかっていくのが分かる。

何が起こっているのかよく分からないシェインに、銀髪の狼獣人が手を伸《の》ばしてくる。その手を避《さ》ける暇《ひま》も無く、いつの間にかシェインは相手の腕《うで》の中に抱《かか》えられて、馬車から連れ出されていた。

──どこに連れて行かれるのだろう。

不安ばかりが募《つの》るが、それを訴《うった》える術《すべ》が無い。ガチガチに身を強《こわ》ばらせるシェインを抱える狼獣人も、どこか戸惑《とまど》った様子を見せている。

やがてシェインが連れて行かれたのは、牢獄《ろうごく》でもなんでもない、極普通《ごくふつう》の居間だった。

そこに置かれていた長椅子《ながいす》に、そろりと体を下ろされる。抱《だ》き上げられていることに恐れを抱《いだ》いていたのに、今度はその体温が離《はな》れていくことに恐怖《きょうふ》が湧《わ》いてくる。

混乱しきって、泣きそうになるのをなんとか堪《こら》える。

そんなシェインの傍《かたわ》らに膝《ひざ》を突《つ》いた狼獣人が、顔の下半分を覆《おお》っていた防具を外した。精悍《せいかん》な男らしい顔が露《あら》わになる。薄《うす》い唇《くちびる》から、落ち着いた声で問いが発される。

「シェイン・クロス・ヴァリーニ殿《どの》で間違《まちが》いは無いか？」

シェインは――頷《うなず》くことが出来なかった。

頷いたら、嘘を吐《つ》いてしまうことになる。けれども、その背後にある複雑な事情を、どうやっても説明しきれる気がしない。声を発することが出来ないのだから、尚《なお》のことだ。

シェインのそんな反応に、相手は少し首を傾《かし》げてから、視線を合わせるようにシェインの顔をのぞき込んだ。

春先の新緑と同じ色をした瞳だ。

綺麗《きれい》だな、と思いながら、シェインはただ相手の目を見返す。それしか出来ない。銀髪の狼獣人はやがて困惑の中に、疲労《ひろう》を見せる息を吐《は》いて言った。

「……せめて口ぐらいは利《き》いて貰《もら》いたい。それとも、狼獣人とは話す言葉も無いのか？　それがヴェルニルの国の考えということでよろしいか？」

シェインは目を見開いて固まった。自分の態度がそんな風に取られるとは、思いも寄らなかったのだ。

シェインは唇をそっと開いた。ひゅ、と呼気が空気を震わせる。そのまま何度か口を開閉して、自分の唇を指してから、両手を顔の前で交差させた。

その仕草の意味を正しく汲《く》み取ったらしい相手が、微《かす》かに目を見開いて言った。

「――声が、出ない？」

伝わったことにほっとして、シェインは思い切り頷く。相手は尚も困惑したような顔で、シェインに問いを続けた。

「いつからだ？」

今度は首を左右に振《ふ》る。どうして声が出なくなったのか――あまりにも幼い頃《ころ》のことで、シェインはよく覚えていない。

じっとシェインを見つめていた銀髪の狼獣人《おおかみじゅうじん》は、短く言った。

「医者を呼ぶ」

待っていろ、と言い残して立ち上がろうとしたところで、相手の視線がふと――シェインの手に注がれた。そのまま相手に両手を取られる。

「これは？　どうした？」

眉《まゆ》を寄せて厳しい声で訊《たず》ねられる。どうして、そんな顔をされるのか。分からないままシェインが視線を動かした先には、本物の王子と入れ替《か》わるまで拘束《こうそく》されていた時に付いた縄《なわ》の痕《あと》が、くっきりと残っていた。

「誰《だれ》にやられた？　まさか、うちの遣《つか》いの者たちか？」

後半の問いに、必死に左右に首を振って否定する。短い旅路、しかも殆《ほとん》ど馬車に引きこもって過ごしていたシェインだが、ウェロンから遣いに来た人たちがヴェルニルの王族に気を遣っていることはよく分かった。だから、そんな濡《ぬ》れ衣《ぎぬ》を着せる訳にはいかない。

シェインの必死の否定が通じたようで、どこか腑《ふ》に落ちないような顔をしながらも手を離した相手は、少しだけ目を眇《すが》めて言う。

「他《ほか》に、どこか怪我《けが》をしているところは？」

有無《うむ》を言わさない問いかけに、シェインの視線は自然と同じように拘束されていた足に向く。何の躊躇《ちゅうちょ》も無く膝を突いた相手が、シェインのズボンの裾《すそ》をたくし上げた。

そこにも、手首と同じような拘束の痕がくっきりと付いている。

「――医者を呼ぶ」

それをじっと見つめた後、シェインのズボンの裾を正してから銀髪の狼獣人は厳しい声で言った。反論を許さない、決定事項《じこう》を告げる、強い声音《こわね》だ。

思わず身を縮めたシェインに向かって、銀髪の狼獣人が言った。

「字は書けるか？」

その言葉に、シェインは瞬《まばた》きをする。

予想もしていない問いだったからだ。こくりと頷けば、相手が掌《てのひら》を差し出した。

「なんと呼びかければいい？　不便だから、それだけは教えてくれ」

もっともな言葉に、シェインは恐《おそ》る恐る右手を上げた。

触《ふ》れた掌は、がっしりとしていて肉厚だった。シェインの手とは違い、あちこちに太い傷やタコがある。その掌に遠慮《えんりょ》がちにシェインは指先を滑《すべ》らせた。

「――シェイン？」

確かめるように名前を呼ばれて、無言で頷く。

先ほどの呼びかけには答えずに、それでいてシェインと呼べというのも奇妙《きみょう》な話だろうが――それでも本当のことなのだから仕方がない。信じてもらえるか不安に思っているシェインに、銀髪の狼獣人は拍子抜《ひょうしぬ》けするほどあっさりと言った。

「分かった。これからはそう呼ぶ」

頷いた相手が、大股《おおまた》に部屋を出て行く。

その様子をじっと見つめながら、これから自分がどうなってしまうのか――心許《こころもと》ない気分になって、シェインは膝の上で固く掌を握《にぎ》った。

＊＊＊＊

王の執務室《しつむ》に、険しい表情の王弟《おうてい》ランフォード・フェイ・ルアーノが現れたのに、現王にして兄であるレンフォード・フェイ・ルアーノは書類に向かう手を止めた。

銀髪に、新緑色の瞳。相変わらず顔から下半分を無粋《ぶすい》な防具で隠《かく》した弟は、素っ気ない口調で言う。

「人払《ひとばら》いを」

ここで理由を問いただしても、口を開くような弟でないことは十分すぎるほどに知っている。それに仕事中なのを承知で、弟が執務室に押し入るような真似《まね》をするのだから、よほどの大事だろう。

了承《りょうしょう》したレンフォードは軽い口調で秘書たちを下がらせ、護衛の兵たちにも外へ出て行くように命じた。

「お前の花嫁《はなよめ》のことかな？」

長旅のため体調を崩《くず》し、出迎《でむか》えの儀式《ぎしき》は予定通り行うことが出来なかった——というのは、既《すで》に部下の一人から聞いている。そして、その花嫁を弟が抱え上げて自分の居城へ連れ帰ったことも聞き及《およ》んでいた。

「どうだ？　ヴェルニル王国の噂《うわさ》の末王子は？」

「——絵姿は？」

「は？」

てっきりあんなものを嫁に迎えるなんて御免《ごめん》だと、苦情を申し立てられると思っていたところ、予想外の言葉を投げつけられてレンフォードは眉を上げた。

ヴェルニルの末王子の悪評は、隣国《りんごく》のウェロンにも当然届いている。容姿を鼻にかけて、誰に対しても傲慢《ごうまん》な態度を取り、色事に溺《おぼ》れる享楽《きょうらく》主義者。弟の大嫌《だいきら》いな人種である。だからこそ――レンフォードは、あえて婚姻《こんいん》を結ばせたのだが。

「絵姿、というのは――ヴェルニル王国の末王子のか？」

「どこにある？」

「お前が見る必要がないと言ったから、秘書に片付けさせた。どこかにある筈《はず》だが――」

「すぐに見たい」

「おいおい、どういうことか説明をしろ」

昔から別格に鼻の良かった弟は、恐ろしいぐらい的確に人の本音を嗅《か》ぎ分けることが出来た。そして、本音と言葉が乖離《かいり》している人の性質に嫌気《いやけ》が差して、政治の一切《いっさい》から手を引き、武芸に専念するようになった。

そのせいもあって普段《ふだん》から寡黙《かもく》であるし、会話を試みようと思えば言葉足らずだ。戦場や指揮を執《と》る場で発される短く的確な一言は、凄《すさ》まじい威力《いりょく》を持つが、それを日常の会話に持ち込まれては堪《たま》らない。

レンフォードの辟易《へきえき》した様子に、ランフォードが眉を寄せながら言葉を足した。

「――今日来た猫《ねこ》獣人は、恐らくヴェルニル王国の末王子ではない」

「なに？」

「それを確かめたい」

早くしろ、と急《せ》かされて、レンフォードは先ほど退出させたばかりの秘書を呼び戻《もど》し、絵姿を持ってくるように指示を出した。

程《ほど》なくして頑丈《がんじょう》な箱に仕舞《しま》われた絵姿が運ばれて来る。レンフォードが秘書に再び退出を命じている間に、ランフォードは無言で箱を開けて、その中身を確認《かくにん》していた。

「どうだ？」

「全く似ていない」

「絵姿なんて五割増しで描《か》かれているものだぞ」

言いながらレンフォードは絵姿をのぞき込む。

艶《つや》やかな黒い毛をした猫獣人が、額の中で蠱惑《こわく》的な笑《え》みを浮《う》かべて首を傾《かし》げている。黒曜石を思わせる瞳《ひとみ》に、長い睫毛《まつげ》。白磁の肌《はだ》に、艶やかな唇《くちびる》。描いた画家の熱心さを思わせる力の入った作品だった。

ランフォードの言葉は短かった。

「目の色が違う」

あれの瞳は菫色《すみれいろ》だ、と断言する弟の言葉に、レンフォードは眉を寄せた。

すぐに浮かぶのは物騒《ぶっそう》な可能性だ。

「刺客《しかく》か？」

問いに、ランフォードが短く否定する。

「違《ちが》う」

「根拠《こんきょ》は？」

「殺気が無い」

「――お前の鼻を疑う訳ではないが、演技では無いのか？」

無防備なフリをして敵の懐《ふところ》に入り込む、というのは暗殺の初歩である。特に戦闘《せんとう》能力に優《すぐ》れている狼《おおかみ》獣人《じゅうじん》に、体型で劣《おと》る種族がその手の策を講じてくることは多い。

案じるレンフォードの言葉に、弟はきっぱりと短く言った。

「違う」

やけに頑《かたく》なランフォードの断言に、レンフォードは怪訝《けげん》な目を向けた。

武人としての弟の判断を疑うことは無いが、それでもここまで刺客という言葉を否定するのは違和感《いわかん》がある。

尋問《じんもん》などを行い、相手の身の潔白が証明された後ならばともかく――。

しかし、弟の様子からして、それ以上のことは聞き出せそうに無かった。レンフォードはひとまず、顎《あご》に手を当てて、弟とは違う深緑色の目を細める。

「問題なのは、本物の王子の居場所だな」

ウェロンへの移動中に、本物と偽者《にせもの》が入れ替《か》わった――となれば、それは今回、護衛を担当したこちらの手落ちになる。

「表向きには、その猫獣人を本物として扱《あつか》って――秘密裏《ひみつり》に処理をするしか無いだろう。ヴェルニルに知れたら大問題だ。一番怪《あや》しいのはアンデロ王国だな。この間の戦《いくさ》の意趣返《いしゅがえ》しに仕掛《しか》けて来た可能性は高いが――いや、奴《やつ》らなら刺客を送り込んでくるか。ウェロンを敵に回そうだなんて国がそうそうあるとは思えないが、今回の遣《つか》いに出ていた者たちから話を聞く手筈を整える。宰相《さいしょう》には事の次第《しだい》を話して相談するが――お前のところにいる猫獣人の尋問は――」

「私が行う」

「……お前が？」

レンフォードが怪訝な目を向けると、ランフォードは眉《まゆ》一つ動かさずに言った。

「私の花嫁として来て、私の居城にいる。なら、私が行うのが一番手っ取り早い」

「……それはそうだが」

嘘《うそ》か真実か。

それを嗅ぎ分ける鼻を持っているが、寡黙な弟は言葉足らずで、お世辞にも尋問に向いているとは言えない。口の達者な調査官を置いて、その横で尋問相手の言葉の正否を見抜《みぬ》くのがいつものやり方だ。どうしてそれではいけないのか、と視線で問いかければ、短くランフォードが言った。

「あれは、声が出ない」

「……話せないのか？」

少し驚《おどろ》いてレンフォードが問う。演技ではないか、と浮かんだ疑念は弟に即座《そくざ》に否定された。

「王城付きの医者に診《み》せた。長年、喉《のど》の声を出す器官が動いていないらしい。一朝一夕《いっちょういっせき》で出来ることではない」

「つまり、元からか？　――妙《みょう》だな」

王子の身代わりにして送り込んでくるのなら、弁の立つ所作の冴《さ》えた者にするべきだ。

ヴェルニルの末王子の声が出ない、という話は聞いたことが無い。何より瞳の色が違う、というところからして身代わりに不十分だ。すぐに疑われるようなお粗末《そまつ》な身代わりを立てて――一体この計画の首謀者《しゅぼうしゃ》は何を考えているのか。レンフォードが考えを巡《めぐ》らせる横で、ランフォードが淡々《たんたん》と言葉を続ける。

「拘束《こうそく》されて身代わりに仕立てられたようだ。怯《おび》え方が尋常ではない――人質《ひとじち》を取られて脅《おど》されている可能性が高い」

「演技では無いのか？」

「違う」

そう言ったランフォードの目に浮かんだ複雑な色に、レンフォードは眉を上げた。

「どうした？」

「いや――」

黙《だま》ってランフォードが首を振《ふ》るのを、レンフォードは不思議な気分で眺《なが》めた。

今日の弟はいつになく饒舌《じょうぜつ》な気がする。

何より、その猫獣人が王子の偽者《にせもの》だと思ったところで尋問なりの行動を起こさず、こんな回りくどい問答をレンフォードとしているところが弟らしくない。

「……その猫獣人は、今どうしている？」

「薬を飲んで眠《ねむ》っている」

「寝《ね》たふりではなくて？」

「間違い無く眠っていた――そもそも、ずっと怯えて、泣いている」

そこでランフォードが溜息《ためいき》を吐《つ》く。


「――演技だった方が、マシだ」


「なに――？」

ぼそりと呟《つぶや》かれた言葉の意味を確かめるより先に、弟は踵《きびす》を返している。

「診たのはダルニエ医師だ。詳細《しょうさい》はあちらから聞いてくれ。口止めはしてある」

「ああ――分かった。私も急《いそ》いで探《さぐ》らせるが――ランス？」

子どもの時からの愛称《あいしょう》で呼びかければ、怪訝な顔をして弟が振り返った。

「なんだ」

「いや――」

訊《たず》ねられて、王は言葉を濁《にご》す。弟の態度に、何か引っかかるものを感じながら、それを上手《うま》く言葉に出来ない。結局、レンフォードは肩《かた》を竦《すく》めるようにして当たり障《さわ》りの無い事柄《ことがら》を口にした。

「――その猫《ねこ》獣人の取り扱いはお前に任せる。当面の間は、花嫁《はなよめ》として取り扱ってくれ。表向きには移動の際に質《たち》の悪い風邪《かぜ》にかかったということにしておこう。とりあえず、療養《りょうよう》が必要だと城の者たちには知らせておく。しばらく、お前の居城から外に出すな。会う者も最低限にしてくれ。人数は少なければ少ないほどいい」

「ああ」

分かっている、と告げるが早いか、弟は姿を消していた。

その性急な様子に首を傾げながら、執務《しつむ》室に入室して来た秘書の一人に、宰相を至急呼ぶようレンフォードは言いつけた。

＊＊＊＊

――演技であれば、どれだけマシか。

王城の一郭《いっかく》。

王弟《おうてい》の居城として用意されているそこに、出入りする者は極端《きょくたん》に少ない。

ランフォードが使用人たちと起居を共にするのを嫌《きら》っているからだ。

専用の執事《しつじ》やメイドは置かず、王城の中から数人の者が、最低限の掃除《そうじ》や洗濯《せんたく》のために日中出入りする。食事は軍舎で済ませてしまうことも多いし、特に戦や任務が無い時は、国王一家と共に王城で食事を済ませることも多い。そもそも、武人として戦場で長く暮らしているランフォードは、自分で自分の世話をすることを厭《いと》わない。

むしろ不愉快《ふゆかい》な匂《にお》いに接することが無く、一人の方がよほど快適だった。

だと言うのに。

ランフォードは客室の寝室《しんしつ》に足を踏《ふ》み入れた。

寝台の上。

ぐっすりと眠り込んでいる黒髪《くろかみ》の猫獣人の姿がある。

あの絵姿の王子と同じ黒猫だが、絵に描《えが》かれたいかにも世慣れた態度の王子と違《ちが》い、こちらの黒猫は随分《ずいぶん》と素朴《そぼく》に見える。華《はな》やかさは無いが、目鼻立ちは整っていて、目の色の花と同じ――菫《すみれ》のような可憐《かれん》さがあった。

ランフォードは小さく息を吐く。

思い出すのは「待っていろ」の言葉に従って本当に全く身動きもせずに長椅子《ながいす》の上に座り込んでいた様子や、医者からの処方に疑いもせず薬を飲み干した姿だ。居たたまれない。こちらの言葉を一つも疑わず、素直《すなお》に飲み込む様子はまるで幼子のようで、なぜか心配になる。

確かに寝台の真ん中に横たえてやったはずの体は、どうしてかベッドの端《はし》——今にも落ちてしまいそうなぎりぎりのところにまで転がっていた。

無意識に移動したのだろう。子どものように体を縮めて毛布を巻き付け、身を守るように丸まって眠っている。その姿が——なんだか痛々しくも、いじらしく、ランフォードは感情のやり場に困った。布団《ふとん》の上をパタパタと不規則に動く黒い尻尾《しっぽ》を目で追いながら、ランフォードは覆《おお》い被《かぶ》さるようにして寝顔をのぞき込む。あどけない顔をして眠っているというのに、その眦《まなじり》からは透明《とうめい》な雫《しずく》が、いくつもいくつも伝い落ちていく。

「……眠っているのに、悲しいのか」

聞こえていないのを承知で呟きながら、ランフォードはその頬《ほお》に慎重《しんちょう》に指を滑《すべ》らせた。

触《ふ》れた頬が冷たくなっている。

漂《ただよ》ってくるのは、圧倒《あっとう》的な悲しみだった。

ここまで純度の高い感情に触れるのは初めてで、どうしたら良いのか扱《あつか》いに困っている。人というのは大人になればなるほど、感情が複雑に入り交じる。悲しんでいるフリをしながら喜ぶ者もいれば、喜んでいるフリをしながら憎《にく》しみを抱《いだ》く者もいる。

なのに、この黒猫が伝えてくるのは、ひたすら「悲しい」「怖《こわ》い」「辛《つら》い」というだけの——裏表の無い真っ直《す》ぐ過ぎる感情なのだ。声が出ないことも関係しているのかも知れないが、とにかく誠実に自分の気持ちを伝えて来ようとする様が健気《けなげ》で、それが分かってしまうが故《ゆえ》に、他者の手に委《ゆだ》ねるような真似《まね》をする気になれなかった。

鋭敏《えいびん》な嗅覚《きゅうかく》を庇《かば》うために着けている覆いを取れば、更《さら》に強く相手の悲しみが伝わってくる。

ランフォードは今にも寝台から落ちそうになっている体を抱《かか》え上げて、華奢《きゃしゃ》な体を寝台の中央にそっと横たえる。

腕《うで》の温《ぬく》もりが心地《ここち》よかったのか、不意に動いた尻尾がランフォードの腕に絡《から》みつくようにして、それから遠慮《えんりょ》がちに離《はな》れていく。

せめて、声を上げて泣くことが出来れば良かったものを。

思いながらランフォードは、シェインの眦から音も無く落ちた雫を指先で静かに掬《すく》い上げた。

第二章

目を開くと、見知らぬ部屋だった。

どこだろう、ここは。

シェインはダンザの公爵《こうしゃく》家の別邸《べってい》にある使用人棟《とう》で眠っていた筈《はず》なのに――。グレッソンのやかましい鼾《いびき》や、ルナルドの寝言、ジョイスの寝息――そういうものが一切《いっさい》聞こえない静まり返った部屋に、シェインは混乱した。

ここは、どこだろう。

思いながら、そろりと手を伸《の》ばす。

ひんやりとした布の感触《かんしょく》に背筋がぞっとした。

冷たさに思い出したのは、遥《はる》かな過去として押し込んだ記憶《きおく》のことだった。

マクガレンに拾われるよりも、前。

冷え切った部屋の中で、母親の帰りを膝《ひざ》を抱えながら待っていた日々。

ごめんなさい、おかあさん。

ゆるして、おかあさん。

ひゅっ、と喉《のど》が鳴る。

悲鳴を上げてしまいたい衝動《しょうどう》に駆《か》られる。けれど、喉は空気を漏《も》らすばかりで声を上げることは無い。

だって声を出したら――――から。

ごめんなさい。

ゆるして。

おかあさん。

もう――――から。

だんだんと息苦しくなってきて、その場に突《つ》っ伏《ぷ》した。ひんやりと柔《やわ》らかい布が頬に触れる。

マクガレンに拾われた日は、土砂《どしゃぶ》降りの雨だった。その日に比べれば、ここは随分と暖かい。

だから、大丈夫《だいじょうぶ》だ。

大丈夫。大丈夫。大丈夫。

――本当に？

ああ、嫌《いや》だ。苦しい。

「――どうした？」

不意に見知らぬ声が響《ひび》く。ぼんやりとシェインは瞬《まばた》きをした。

誰《だれ》だろう。

男の人の声。

マクガレンさん？

バーナードさん？

グレッソンさん？

――違う、知らない人の声だ。

跳《は》ね起きて、身を縮める。緊張《きんちょう》で尻尾がパタパタと揺《ゆ》れた。猫獣人《ねこじゅうじん》の目は夜の中で冴《さ》える。数度瞬きをすれば、相手の輪郭《りんかく》がハッキリと分かった。

がっしりとした体躯《たいく》の、狼《おおかみ》獣人。

新緑色の瞳《ひとみ》だけが不思議と光って見える。

全身の毛が逆立った。

途端《とたん》に記憶が蘇《よみがえ》る。

ここはダンザどころかヴェルニルですら無い。狼獣人が住む隣国《りんごく》ウェロンの王城だ。熱に浮《う》かされたように駆け落ちの計画を語る公爵家の末息子《すえむすこ》。それから、愛らしい容姿に似合わない毒に満ちた言葉で身代わりをシェインに押しつけた末王子。縛《しば》られた手足。入れ替《か》わりで放《ほう》り込まれた馬車。開いた扉《とびら》から、シェインを抱え上げた腕。

それらの記憶が一気に頭を駆け巡《めぐ》って、気が遠くなる。重心がぐらりと傾《かたむ》き体が落ちていくような感覚。そんなシェインの腕を、力強い手が摑《つか》んで引き上げた。

「どうした？」

短く問いかける声に、緊張で強《こわ》ばった体は動くことも出来ない。そんな様子をじっと見つめていた相手は、そのままシェインの体を片手で抱え上げて、もう片方の手で毛布を引き寄せると器用にそれでシェインの体を包み込んだ。そして、そのままごろりと横に転がされる。

やけに柔らかい、と思っていた場所が寝台《しんだい》だったということにシェインはようやく気が付いた。緊張に体を強ばらせ、息も出来ないシェインに、銀髪《ぎんぱつ》の狼獣人が落ち着いた声で告げた。

「息をしろ」

思いもかけない言葉に驚《おどろ》く。けれども、そう言われると余計に呼吸の仕方が分からなくなって混乱する。シェインは咄嗟《とっさ》に喉のあたりに手をやった。ひゅ、と掠《かす》れた音を立てて空気を吸い込んだ喉から、どうやって息を吐《は》き出していたのか思い出せない。ひっ、ひっ、と情けない呼吸と共に体を震《ふる》わせて涙《なみだ》をこぼしていると、再び落ち着いた声が耳に響く。そのまま口元を大きな掌《てのひら》が覆った。

「シェイン」

呼ばれたのは、紛《まぎ》れもなく自分の名前だ。びくりと体を震わせると、短くはっきりとした声が言う。

「息を吐け。ゆっくりだ、焦《あせ》らなくていい。――出来るな?」

声と共に、体が温もりで覆われる。横になったシェインの体を相手が抱《だ》き込んでくれているらしい。口元を覆う掌とは別の、もう一方の掌が優《やさ》しく一定の間隔《かんかく》でシェインのみぞおちの辺りを擦《さす》る。

吸ってばかりだった息が、徐々《じょじょ》に吐き出せるようになっていく。喉に当てていたシェインの両手が、無意識に口元を覆《おお》う相手の掌に縋《すが》った。けれども、相手はそれを咎《とが》めることもなく、ただシェインを抱え込んだまま横になっている。

どれぐらいの時間が過ぎたのか分からなくなった頃《ころ》。

ようやくシェインの呼吸は落ち着きを取り戻《もど》した。

先ほどまでの苦しさが嘘《うそ》のように消えている。びっしょりと掻《か》いた汗《あせ》が気持ち悪く、そして疲《つか》れ切っていて指先一つ動かせない。

——謝らないと。

根気強く付き添《そ》ってくれた銀髪の狼獣人に、そう思う。けれども、指先一つ動かすのも億劫《おっくう》で体が動かない。

せめて声が出たらな、とシェインは思う。

ありがとうというお礼も、迷惑《めいわく》をかけてごめんなさいと謝罪も伝えることが出来たのに。いや、そもそもシェインの声さえ出れば、こんな厄介《やっかい》なことにならなかったと言うのに。

先ほどの苦しさから来る涙とは、別の涙がせり上がってくる。がむしゃらに縋った手は、いい加減に痛いだろう。そう思いながらそれを放せない自分の情けなさに、ぼろぼろと涙がこぼれ出す。そんなシェインの耳に、小さく溜息《ためいき》が聞こえた。びくり、とシェインの体が震える。

背後からシェインを抱き込んだ狼獣人は静かな声で言った。

「――疲れたんだろう。謝らなくて良いから、さっさと寝《ね》ろ」

的確にシェインの内心を言い当てる相手の言葉と共に、みぞおちに当てられていた手が離《はな》れる。そのまま乱暴にシェインの顔を拭《ぬぐ》って、強く引き寄せられた。

「だから、泣くな」

少しだけ、途方《とほう》に暮れたような声で言われるのにシェインは驚いて瞬きをする。再びみぞおちのあたりに当てられた掌が、今度は優しく眠《ねむ》りを促《うなが》すように一定の間隔でシェインの体を優しく叩《たた》く。

ほうっ、とそれにシェインの口から溜息がこぼれた。

――いいひと、だなぁ。

手間をかけるばかりのシェインに、文句一つ言うこともなく寄り添ってくれている。そんな相手を騙《だま》していると思うと、途方も無い罪悪感に襲《おそ》われる。洗いざらい話してしまいたい。けれど――。

思い出したのは、ダンザの公爵家の別邸にいるだろう使用人仲間たちの顔だった。

「シェイン」

再び、どこか困ったような声が名前を呼ぶ。

「だから、泣くなと言っただろう――」

余計なことを考えるからだ、とシェインの内面を見透《みす》かしたような叱咤《しった》を寄越《よこ》しながら、シェインが泣き疲れて眠ってしまうまで、銀髪の狼獣人はずっとシェインの隣《となり》に寄り添っていてくれた。

次の日、シェインが目を覚ましたのは、日が大分高くなってからのことだった。寝台の上でぼうっとしていると、とっくに起きていたらしい銀髪の狼獣人が、昨日シェインの体を診察《しんさつ》してくれた医者を伴《ともな》って部屋に入ってきた。

銀髪の狼獣人は最初に会った時と同様に、鼻から下を覆う革製《かわせい》の防具を着けていた。軽装とは言え、簡素な軍服を着込んでいるところがいかにもウェロン王国らしい。

一方の医者は、狼獣人の中では小柄《こがら》に分類されるようだ。医者の印である、変わった形の小さな帽子《ぼうし》を頭に被《かぶ》っている。老人と言って良い年齢《ねんれい》だろう。それでも矍鑠《かくしゃく》とした態度で、眼光に有無《うむ》を言わせないものがある。

テキパキとシェインの手足の縄《なわ》の痕《あと》に軟膏《なんこう》を塗《ぬ》り込み包帯を取り替え、喉《のど》の辺りを触診《しょくしん》すると、医者は最後にシェインの顔をちらりと見てから言った。

「そちらはとりあえず、濡《ぬ》らしたタオルでも当てて冷やすしかありませんな」

気まずさに、思わずシェインは身を縮める。外聞も無く泣きじゃくったせいで、瞼《まぶた》がひりひりするぐらい痛くて腫《は》れぼったい。そんなシェインの様子に構わずに、医者は淡々《たんたん》と言葉を続けた。

「特に気分が優《すぐ》れない、ということは無いですな。昨日は何も口にしていないようなので食事は消化の良いものを——これは儂《わし》の方から厨房《ちゅうぼう》に伝えておきましょう」

一気に語り終えた医者は「では」と言って、大きな診察鞄《かばん》と共にせかせかと部屋を出て行く。

部屋の中に残されたのは、シェインと銀髪の狼獣人だけになった。狼獣人が顔の下半分を覆う防具を取り外す。

食事、と聞いて現金なことにシェインの胃がきゅるると空腹を訴《うった》えて鳴いた。その音に振《ふ》り返った狼獣人の新緑色の目と、視線がバチリとぶつかる。

「……昼まで持つか？」

単純な疑問、と言うように訊《たず》ねられるのに、恥《は》ずかしさで顔を真っ赤にしながらシェインは何度も頷《うなず》く。疑わしい顔をしながら、銀髪の狼獣人はそれ以上何も言わなかった。

部屋の中に、沈黙《ちんもく》が漂《ただよ》う。

シェインは困惑《こんわく》して辺りを見回した。

外の明かりが差し込む部屋は、明るい雰囲気《ふんいき》に満ちている。立派な石造りの建物の——一室なのだろう。寝台の他《ほか》、調度品も立派なものが用意されている。

ここは、どこなのだろう。

柔《やわ》らかい寝台といい、医者からの診察といい——シェインは本来ならこんな待遇《たいぐう》を受けられる身分ではないのだ。

そんなシェインの気持ちを見透かすように、相手が口を開いた。

「――君のことは私が預かる」

シェインが目を向けると、銀髪の狼《おおかみ》獣人《じゆうじん》が言葉を続けた。

「君は――ヴェルニルの末王子では無いな？」

断言する口調に、シェインは体を硬直《こうちよく》させた。否定も肯定《こうてい》も出来ない。そんなシェインに対して、相手は淡々と言葉を続ける。

「ヴェルニルの末王子の瞳《ひとみ》は、髪《かみ》と同じく黒い。君の瞳は菫色《すみれいろ》だ。それにこちらの手元にある王子の絵姿と君では、あまりにも容姿が異なる。それにあの国の末王子の声が出ない、という話は聞いたことが無い。――少なくとも私は、君は誰《だれ》かに替《か》え玉に仕立てられて、王子として送り込まれて来たのだと思っている。声の件については、先ほどの医者が確認《かくにん》済みだ。偽装《ぎそう》で無いことは分かっている。なので、あくまで君は巻き込まれた被害者《ひがいしや》として取り扱《あつか》う。これから国として調べを進める予定だ」

淀《よど》み無く続けられる言葉に、シェインは軽く目を見開いた。

話がとんでも無く、大きくなっている。

そして、シェインに対する見立ては恐《おそ》ろしいほどに正確だ。急拵《きゆうごしら》えのお粗末《そまつ》な身代わりではあったが、それにしたって見破られるのが早すぎる。まだウェロンに着いて一日しか経《た》っていないというのに。

シェインの頭を過《よ》ぎったのは、恐怖《きょうふ》と不安だった。身代わりを言いつけられたのに失敗してしまった。それが公《おおやけ》になった時――ダンザの使用人仲間たちはどうなるのだろう。スコッツや本物の王子から、某《なにがし》かの罰《ばつ》を下されるようなことは無いだろうか。

そんなシェインの不安を感じ取ったように相手は言った。

「今回の件については公にならない。秘密裏《ひみつり》に処理する。――表向きに、ヴェルニルの末王子は長旅の途中《とちゅう》で質《たち》の悪い風邪《かぜ》にかかったことにする。だから、君には基本的にここで生活して貰《もら》う。接するのも先ほどの医者と私だけだ。部屋には鍵《かぎ》をかけるので、くれぐれも逃《に》げようと思わないように」

最後に釘《くぎ》を刺《さ》すように言われた言葉に、シェインはこくりと頷いた。

シェインがヴェルニルの末王子でないということが公表されないのなら、ベルクムーサに向かっているスコッツと本物の王子がシェインの失敗を知ることはないだろう。

それに部屋から出ないことにも異存は無い。声の出せないシェインは、新しい場所に馴染《なじ》むのに結構な時間がかかる。いつもなら他の使用人たちが間を取り持ってくれるが、それを期待することは出来そうにない。ならば不用意に外に出て、誰かを不愉快《ふゆかい》にさせるようなことはしたくない。

本当なら、全《すべ》て打ち明けてしまえばいいと思うのだけれど――ダンザの使用人たちに危険が及《およ》ぶような可能性がある限り、シェインは積極的に事実を伝えることは出来なかった。

ごめんなさい、お願いします。

そんな思いを込めて、シェインは銀髪《ぎんぱつ》の狼獣人に深く頭を下げた。

全てが明らかになった時、シェインが口を噤《つぐ》んでいたことを咎《とが》められるだろうが、それは覚《かく》悟《ご》の上だ。あの暖かい場所だけは、どうしてもシェインは手放したく無かった。

――ごめんなさい。

もう一度、そう思いながら頭を下げようとするシェインを止めるように相手が言った。

「――何か聞きたいことは？」

シェインはきょとんと顔を上げた。

「こちらからの決定事項《じこう》しか知らせていない。君の方で何か言いたいことや、聞きたいことは無いのか？」

真っ直《す》ぐシェインを見つめる新緑色の瞳に、シェインは首を傾《かし》げた。もっと手荒《てあら》に扱われて、本当の王子の居場所を問いただされても仕方がないと思っていた。それなのに、こうして丁重《ていちょう》に扱われて、怪我《けが》の手当てまでされている。これ以上、望むものなどある筈《はず》が無い。

けれど、ふと湧《わ》いた疑問に、シェインの瞳が落ち着かなげに動いた。

「なんだ？」

相手がそう言って、掌《てのひら》を差し出してくる。

それに躊躇《ちゅうちょ》しながらシェインは指先を滑《すべ》らせた。

あなたの、なまえは？

指先の質問に、相手が微《かす》かに目を見張った。しばらくの沈黙の後に、相手が言う。

「……ランスだ」

ランスさま？

確認するように再び指先で問いかければ、相手は表情を変えないままに言う。

「敬称《けいしょう》はいらない。ランスでいい」

シェインは少し考えるような顔をして、それからもう一度相手の掌に指を滑らせた。

ランスさん。

「……それで良い」

ごめんなさい、ありがとうございます。

色々な気持ちを込めて、そう掌に言葉を綴《つづ》ると、ランスと名乗った相手が言う。

「君のせいではないだろう」

――いいひと、だなぁ。

かけられる優《やさ》しい言葉に、シェインは小さく頭を下げる。そのシェインを見つめる相手の銀色の尻尾《しっぽ》が、居心地《いごこち》悪そうにパタパタと動いていたことにシェインは気が付かなかった。

＊＊＊＊＊

「喉《のど》の器官自体に問題は無い。声が出ないのは、心の問題だというのが儂の見立てですな」

心当たりは？　と、ダルニエという老医師に訊ねられて、シェインは首を傾げた。

毎日、診察《しんさつ》に訪《おとず》れてくれる医者のお陰《かげ》でシェインの手と足に残っていた縄《なわ》の拘束《こうそく》の痕《あと》は綺麗《きれい》に消えた。とはいえ、ヴェルニルの末王子は酷《ひど》い風邪にかかっているということになっている。その話に信憑性《しんぴょうせい》を与《あた》えるため、医者はランスと名乗った銀髪の狼獣人に連れられて毎日のようにやって来た。

来たからにはそれなりの診察を行う、というのが医者の言い分で、必然的に声を発さない喉を診《み》てもらっているのだが――あれこれと細かく検分し、体調を細かく観察されながら出された結論に、シェインは瞬《まばた》きをした。

心の問題――？

それは思いも寄らない指摘《してき》だった。

ヴェルニルの王都でマクガレンに拾われた時、既《すで》にシェインの喉は声を発さなくなっていた。声を失ったのは、もっと前――幼い頃《ころ》の話だ。

心の問題？

もう一度、自問したところで何も思い浮《う》かばない。そんな様子のシェインを見て、ダルニエ医師は診察鞄《かばん》を手にしながら言った。

「心というのは、思ったよりも繊細《せんさい》に出来ている。体の傷ならば医術で対応出来ますが、心の傷は儂《わし》の手には余る問題ですな。――まぁ、ゆっくりと自分の心と向き合ってみるのが一番の方法でしょう。この機会にやってみるとよろしい」

それでは、と言って医者は足早に部屋を出て行った。矍鑠《かくしゃく》とした老医師は、どちらかと言うとせっかちだ。シェインに診察の礼を告げる暇《ひま》も与えてくれない。

ぼんやりと医者の去っていった方向を見ているシェインに、横から声がかかった。

「――大丈夫《だいじょうぶ》か？」

心配げな新緑色の瞳に、こくりと頷《うなず》く。

その様子をじっと見つめていたランスが言った。

「――戦場に出た騎士《きし》にも、稀《まれ》に声の出なくなる者がいる」

唐突《とうとつ》な言葉に、驚《おどろ》いてシェインはランスを見る。

「凄惨《せいさん》な戦場に出るほど、そういう者は増える。声に限らず、悪夢に魘《うな》されたり、酒から抜《ぬ》け出せなくなったり――そういう者は多い。本人たちに聞いても、それが戦場のせいだと答える者は少ない。どうしてか分からない、と言うのが殆《ほとん》どだ。重症《じゅうしょう》な者ほど、特にそういう傾向《けいこう》にある。見た目の傷とは違《ちが》って、心の傷は分からないことが多い。本人にもな。他《ほか》の者が平気なら、自分も大丈夫だと思い込みたがることが多い。見えないものだから、余計にな。だから、あまり思い悩《なや》む必要はない」

ぽつぽつと静かに語られる言葉は、どれも誠実だった。その新緑色の瞳《ひとみ》を見ながら、シェインはぼんやりと思った。

――やっぱり、いいひとだなぁ。

表向きにはヴェルニルの末王子ということになっているシェインの世話は、この銀髪の狼《おおかみ》獣人《じゅうじん》が一人で請《う》け負っている。

シェインは、ただの身代わりの平民だ。

もっと酷いところに監禁《かんきん》されて、食事を与えられなくても文句の一つも言えない立場だというのに、ランスは欠かさずに三度の食事を運んできて、食事を共にしてくれる。

ランスがシェインを置いて、どこかへ行くのは昼食を終えてから夕食までの僅《わず》かな時間で、それ以外はほぼ一日中、シェインに付き添《そ》ってくれている。

一度、ランスの本来の仕事に支障は無いのかと訊《たず》ねたが、相手は歯切れが悪そうに「これも仕事のようなものだ」と答えてくれた。しかし、どう考えても仕事の範疇《はんちゅう》を超《こ》えているだろう。

それが顕著《けんちょ》なのが夜だ。

最初の夜に、呼吸のおかしくなったシェインを心配してか、ランスは同じ寝台《しんだい》でシェインと眠《ねむ》るようになった。

寝付《ねつ》けなかったり、魘されたりしているシェインの様子にいち早く気が付いて、名前を呼んで声をかけてくれる。

シェインになんて勿体《もったい》ない、細やかな配慮《はいりょ》。

――いいひと。

今の言葉も、シェインの心を軽くしようと言ってくれているのがよく分かる言葉だった。シェインの声のことなど、それこそランスの仕事の範疇外だろうに気にかけてくれる。

ダンザの使用人仲間たちとは違うけれど、シェインの心をほっとさせて、温かくしてくれる人だ。そわ、とシェインの尻尾が動く。それに気付いた相手が、無言で掌を差し出してくる。

それにシェインは指先でお礼を書いた。

ありがとうございます。

「……何の礼だ？」

怪訝《けげん》な顔で返される言葉に、シェインはふわっと笑う。

いろいろ、たくさん。

付け足した言葉に、尚《なお》も困惑《こんわく》したような顔をしていたランスはやがてふいと視線を逸《そ》らした。

銀色の尻尾が微かに揺《ゆ》れているのに、シェインの心はふわりと軽くなる。

正直、声が出ないことは、シェインにとって今更《いまさら》の話だった。マクガレンに拾われるまで、シェインの記憶《きおく》は灰色がかった暗いものだ。母親と暮らしていた時のことは、更に暗い色をしている。だから、あまり覚えていないし、思い出したくない。

だいじょうぶです。ありがとうございます。

そう指先でお礼を告げると、ランスは更に居心地の悪い顔をして言う。

「——昼食を取ってくる」

まだ昼には大分早い時間だというのに、足早に出て行くランスの後ろ姿を、シェインはくすぐったい思いで見送った。

＊＊＊＊

剝《む》き出しの純粋《じゅんすい》な好意。

それに己《おのれ》が不馴《ふな》れだったことを今更のように実感させられて、ランフォードは息を吐《は》いた。

シェインの前では外している革製《かわせい》の防具で顔の下半分を覆《おお》う。

鋭《するど》い嗅覚《きゅうかく》は、声の出せない相手の感情を余すところ無く拾い上げてくれる。お陰で助かってはいるが、だんだんとランフォード——いや、ランスに向かって向けられる信頼《しんらい》が増すほどに、妙《みょう》な罪悪感が生まれて来ていた。

ランスこそが王弟《おうてい》のランフォード・フェイ・ルアーノだと名乗らなかったのは、名乗ればシェインの心の負担になると思ったからだった。

暗闇《くらやみ》の中で震《ふる》えていた小さな体。

声も出せないで泣く姿。

純粋な悲しみの感情。

そういうものを見てきたランフォードとしては、少しでもあの猫《ねこ》獣人の負担を軽くしてやりたかったのだ。

そうでないと、あまりにも可哀想《かわいそう》な気がした——らしくも無く。

本物の王子の居場所と、それに関《かか》わる一味が明らかになれば、縁《えん》が切れるだろう華奢《きゃしゃ》な猫獣人。その存在が、どういう訳か心をかき乱してくるのにランフォードは戸惑《とまど》っていた。

特に、菫色《すみれいろ》の瞳が嬉《うれ》しそうに細められて、全身で好意を告げてくる様子を見ると——なんとも言えない衝動《しょうどう》に駆《か》られる。こんなに近い距離《きょり》に他人を置いたことが無いせいで、距離感を測りかねているのかも知れない。

そんな考えに沈《しず》みながら歩いていると、不意に元気のいい声が耳に届いた。

「叔父上《おじうえ》！」

ランフォード叔父上、と明るく叫《さけ》んで駆け寄って来るのは騎士の装《よそお》いをした甥《おい》だった。

国王であり兄のレンフォードは、伴侶《はんりょ》である王妃《おうひ》との間に十人の子をもうけている子沢山《こだくさん》だ。

そして王妃は現在、十一人目を懐妊《かいにん》中である。獣人は総じて多産な傾向にあるし、体が頑丈《がんじょう》な者が多い。

ただレンフォードとランフォードの母親にあたる先王妃は、獣人にしては珍《めずら》しく病弱な人で、ランフォードを産んだ後、すぐに儚《はかな》くなってしまった。早くに伴侶を亡《な》くした先王にして父親の嘆《なげ》きは深く、早々に兄のレンフォードに王位を譲《ゆず》ると、先王妃の霊廟《れいびょう》に住み着いて世捨て人のような生活を送るようになってしまった。

狼獣人にとって伴侶とはそういうものだ。

駆け寄ってくる甥は、兄の五番目の子どもだ。まだ十代半ばで幼さを残す顔立ちをしている。カーライルという名前で、王族に伝わる銀色の髪《かみ》が眩《まぶ》しい。母親譲りの茶色の瞳が活《い》き活きとした少年だ。

ランフォードが足を止めると、茶色の瞳が期待を込めて輝《かがや》いた。

「鍛錬《たんれん》場に行かれるのですか？　だったら、わたしにも稽古《けいこ》を付けてください！」

熱心な口調で言われるのに、ランフォードは首を振《ふ》った。シェインからの真っ直《す》ぐな好意が気まずく居城を後にしたが、鍛錬場に顔を出していては昼食に間に合わない。

以前のランフォードの生活は、戦《いくさ》が無くても殆ど軍舎と鍛錬場を中心に回っていた。午前中は己の鍛錬をして、午後からは騎士としての仕事をこなし、合間に後進の指導に当たる。

シェインが来てからは、午前中はダルニエ医師を往診《おうしん》のために連れて行き、他愛《たわい》も無い話をして昼食まで共に過ごす。午後から騎士としての仕事を詰《つ》め込み、合間に鍛錬をする有り様なので、後進への指導などを蔑《ないがし》ろにしている自覚はあった。

ランフォードの答えにがっかりとしたような甥は、そこで思い当たったような顔をする。

「やはりヴェルニル王国の末王子が我が儘《まま》で叔父上を困らせているのですか？」

甥から発せられた言葉に、ランフォードは呆気《あっけ》に取られて固まった。

「――なに？」

「皆《みな》、そう言っています。まだ城の者に顔も見せていないのに、叔父上を顎《あご》で使っていると。だから鍛錬場へ行く時間も取れないのでしょう？」

甥の口調からは、不満と不信が感じ取れた。何より、まだ見たことも無い相手に対する確かな敵意が匂《にお》いで感じ取れた。

隣国《りんごく》から花嫁《はなよめ》として迎《むか》えた者に向けるには、相応《ふさわ》しくない感情だ。

王族であるのならば、特に。

ランフォードは小さく息を吸ってから、窘《たしな》めるように言葉を発した。

「シェイン王子は体調を崩《くず》している。私の花嫁だから私の居城で世話をするのは当然だ。――そして、私は不必要な人間が居城に出入りするのを好まない」

暗に自分が鍛錬場に赴《おもむ》かないのはヴェルニルの末王子のせいではない、と伝えたのだが甥には通じなかった。いっそ無邪気《むじゃき》なぐらいの確信を持った断定をしてみせる。

「仮病《けびょう》なのでしょう？」

ランフォードは眉《まゆ》を寄せた。

カーライルは十代半ばということもあってか、周囲の者に感化されやすいところがある。騎《き》士《し》になりたい、と公言してはばからないカーライルが熱心に足を運んでいるのは騎士団の軍舎だ。これは、つまり、城の騎士団の大勢の見解なのだろう。

溜息《ためいき》を吐《つ》きたくなる。

「――ダルニエ医師の所見を信じていないのか？」

王子は体調を崩し、悪い風邪《かぜ》にかかって声が出ない。そのため、城の者たちとの顔合わせは体調が回復するまで見合わせる。

そう王である兄のレンフォードから通達をしたというのに。

悪い風邪にかかって、というところは嘘《うそ》だが、シェインの声が出ないことは本当だ。嘘を吐くにしても最低限のものしか吐いていない。だと言うのに、結局こうして邪推《じゃすい》をされる。

――これだから、人というのは嫌《いや》になる。

ランフォードの問いに、甥は言った。

「本当に体調が悪いとしたら、風邪なのですか？　ヴェルニルの末王子は、かなり奔放《ほんぽう》な人柄《ひとがら》だと聞いています。もしかして、悪い病気をどこかで貰《もら》ってきたのでは――」

「カーライル」

甥の言葉に、ランフォードはどうしようも無い苛立《いらだ》ちを感じた。

本物のシェイン・クロス・ヴァリーニの所業と評判は、確かに褒《ほ》められたものではない。しかし、今、ランフォードの居城にいるのはその悪評の持ち主の『シェイン』では無い。

その細かい事情を説明する訳にもいかないまま、ランフォードは甥に向かって素っ気なく言った。

「仮にも私の花嫁に対する悪評は感心しない」

口さがない庶民《しよみん》の噂話《うわさばなし》なら、仕方がないと済まされる。それが仮にも一国の王子の立場で、容易に周囲に感化されて同じことを口にするようでは困る。

そんな思いを込めてのランフォードからの言葉に、カーライルが拗《す》ねた顔で尻尾《しっぽ》を揺《ゆ》らした。

ランフォードが叔父という立場であり、王弟であり、何より騎士としてこの国で名を馳《は》せているから反論しない、ということがありありと分かる態度だった。

ヴェルニルの末王子が悪い、という思いこみ自体をなんとかしなければ、事はそう簡単に済まないらしい。

これは口下手な自分の手に余る、と判断したランフォードは、不満そうな顔をしている甥に言う。

「お前の父上と話してみなさい」

愛《いと》しい伴侶との間に出来た子どもたちを、兄は平等に溺愛《できあい》している。忙《いそが》しい中でも、願い出れば謁見《えっけん》の時間を取ってくれる筈《はず》だ。そして、自分よりよほど上手に甥の思いこみを諭《さと》して、王族としての正しいあり方を示してくれるに違《ちが》いない。

そう思ってのランフォードの言葉に、甥は更《さら》に拗ねたような顔をして唇《くちびる》を噛《か》んだ。

――戦場での指示や叱責《しっせき》、鍛錬場での指導などは得意だが、こういう平時のやり取りはランフォードの手に余る。

返事の無い甥を置き去りに、ランフォードは真っ直ぐ城へ足を向けた。

＊＊＊＊＊

ランスが「どうした？」とシェインに問いかける声を聞くのが、シェインは好きだ。

相手がシェインのことを気にかけてくれているのがよく分かる、とても贅沢《ぜいたく》な瞬間《しゅんかん》だと思うから。

そして、どうしてかくすぐったくなる。

心が温かくなる。

不思議な、感じたことの無いむずむずとした心持ち。これは何なのだろう、と思いながらシェインは一人きりの部屋で本の頁《ページ》をめくった。

ランスがいない間、退屈《たいくつ》するだろうとわざわざ持ち込んでくれた本だ。

シェインは文字の読み書きは出来るが、それは必要に駆《か》られているから覚えた、という感じで、読み書きが好きかと言われるとそうでも無い。

執事長《しつじ》のバーナードは熱心に皆の教師役となって読み書きを教え込んでくれた。だから、ダンザの公爵家《こうしゃく》の別邸《べってい》に住まう使用人たちは皆、読み書きをすることが出来る。特に従僕のジョイスは読書が好きで、掃除《そうじ》にかこつけて時折こっそりと書棚《しょだな》から本を抜《ぬ》き出して読んでいることを使用人たちは知っていた。

――ジョイスがいたら、大喜びしただろうな。

難しい本から、煌《きら》びやかな挿《さ》し絵のついた本まで。種類が豊富に取りそろえられた中でシェインが選び取るのは、比較《ひかく》的簡単な文字と挿し絵のついた本が多い。文字ばかりの本は、シェインに難解すぎる内容のものが多いからだ。

下働き仲間のリリアは「挿し絵の無い本なんてよく読めるわね」と、ジョイスの趣味《しゅみ》に頭を振っていた。お喋《しゃべ》りな彼女には、文字に書き起こすという手段は少しまどろっこしくて面倒《めんどう》なのだろう。それでも、シェインが来てからは、シェインの言葉を理解するために前より熱心に文字の勉強をするようになったのだと――そう教えてくれたのはアリス夫人だ。

細かなところまで絵が描《か》き込まれた本は、どうやら世界各地の旅行記だったらしく、素晴《すば》らしい絵の下には、建物や植物などの紹介《しょうかい》文が載《の》せられている。

世界――。

ぺらぺらと頁をめくっていけば、大陸の地図が最後に大きく載せられており、シェインの指先はヴェルニルとウェロンの上を行き来した。

シェインにとって、世界とはダンザのあの屋敷《やしき》のことだけを指す言葉だった。

優《やさ》しい暖かい場所。

心許せる仲間たち。

ここから、ダンザまでどれぐらい離《はな》れているのだろう。

そんなことが、ふと頭に浮《う》かぶ。

王子の身代わりとして馬車に乗せられるまでの記憶《きおく》は曖昧《あいまい》だ。それから、どれぐらいの日数をかけてウェロンの王城に来たのかも。

ヴェルニルの国の名前を指でなぞる。

――シェインは、とても運が良い。

多少、怖《こわ》い目に遭《あ》ったり辛《つら》い想《おも》いをしても、手を差し伸《の》べてくれる人に必ず出会えている。

ヴェルニルの王都ではマクガレンに拾われ、優しい仲間たちと居場所を貰った。

そして、ウェロンでは、ランスに優しさと気遣《きづか》いをたくさん貰っている。

――ありがとうを、たくさん伝えておかないと。

本物の王子の行方《ゆくえ》が知れれば、ランスとの縁《えん》も切れてしまうだろう。それからシェインにどういう処分が下されるにしろ、ここまで受けた優しさや気遣いにはきちんとお礼をしなければ。

突然《とつぜん》、暖かい場所から引き離された時に浮かんだ後悔《こうかい》を知っているシェインにとって、それは切実な問題だった。

それに、ランスのことを考えると、なんだかシェインの心臓はおかしくなる。真剣《しんけん》にこちらを見つめる新緑色の瞳《ひとみ》だとか、精悍《せいかん》な顔だとか、光を跳《は》ね返す銀髪《ぎんぱつ》だとか――。それから、夜の中で、シェインのことを体ごと包み込んで抱《だ》き締《し》めてくれる温《ぬく》もりだとか。

狼《おおかみ》獣人《じゅうじん》というのは、猫《ねこ》獣人と体の作りが違うのだろう。ランスほど長身で、鍛《きた》え上げられた体躯《たいく》の持ち主をシェインは見たことがない。身近で一番がっしりとした長身だったのは従僕のルナルドだが、ランスほど胸板《むないた》は厚くない。

狼獣人の体付きがガッシリとしていて頑健《がんけん》なら、猫獣人の体付きは細くてしなやかだ。

そんな体格差をまざまざと思い浮かべていると、なぜか心臓の辺りが妙《みょう》な鼓動《こどう》を打った。シェインは首を傾《かし》げて胸元を押さえる。やはり――ダルニエ医師に診察《しんさつ》して貰うべきだろうか。

しかし、あの医師はせっかちだ。まどろっこしく文字を書いているシェインのことを待っていてくれるだろうか。

自分の所見を怒濤《どとう》の勢いで述べて、さっさと踵《きびす》を返す様子は、ダンザにいた短気な料理人に似ている。ダルニエ医師は料理人と一緒《いっしょ》にするなと怒《おこ》るだろうし、グレッソンはあんな歳《とし》ではないと怒るだろうが。

その様子を思い浮かべて、シェインは微《かす》かに笑う。絶対に実現しないだろう、二人の並びはなんだか面白《おもしろ》かった。

そのまま何気なく本をめくると、説明書きと共に見慣れた風景が描《えが》かれていた。

ヴェルニル王国の茶会。

――そう言えば、お茶会はどうなったのだろう。

グレッソンが腕《うで》を振るうと言っていた――マクガレンの好物を山ほど置いて、バーナードとアリス夫人を労《ねぎら》うためのお茶会。ハンナが得意のお茶を皆《みな》に入れて回り、ルナルドが軽口を飛ばして、ジョイスがそれを窘《たしな》める。それに楽しそうな笑い声を上げるリリアと、その様子を眺《なが》めるシェイン。

思い浮かべただけで自然と、目に涙《なみだ》が浮かんできた。

なんてことの無い想像なのに、どうしてなのか溢《あふ》れた涙が止まらない。困ってしまって、袖《そで》口《ぐち》で慌《あわ》てて目元を擦《こす》っていると、不意に声がした。

「――どうした？」

飛び上がるようにして顔を上げると、怪訝《けげん》な表情をしたランスが立っている。

それにシェインは更に狼狽《うろた》えた。こんなところを見せるつもりは無かったのだ。慌てて首を振ってなんでもないことを示すよりも、ランスが大股《おおまた》に近寄ってくる方が早い。

新緑色の瞳が素早《すばや》く動いて、開きっぱなしの本に視線が止まる。

「……恋《こい》しくなったのか？」

家が、と問われるのにシェインは瞬《まばた》きをした。雫《しずく》が散って、もう一度目元を擦る。ランスが、そんなシェインの様子をじっと見つめている。

ランスの言葉は、シェインの胸にすとんと落ちて来た。

――そうか、恋しいのか。

寂《さび》しいや悲しいでは、言い表せなかった感情の正体がようやく分かった。居て当たり前の場所だったから、こんな風に離れることがあるなどと思ってもいなかった。だから、不意に思い出すだけで、こんなにも気持ちが溢れ出してしまうのか。

こくり、と頷《うなず》くとランスは何とも言い難《がた》い顔をして、それから短く言った。

「君が家に帰れるように尽力《じんりょく》する。約束しよう」

静かだが、確かな声にシェインは顔を上げた。

その様子に、ランスが無言で掌《てのひら》を差し出す。シェインは相手の掌に指先を滑《すべ》らせた。

どうして、いつも、わかるんですか？

問いに、ランスが首を傾げる。

「何がだ？」

ぼくの、かんがえていること。

「――」

シェインの指先の問いかけに、ランスが沈黙《ちんもく》した。

「……狼獣人は猫獣人より鼻がいい」

ぽつりと始まった説明に、シェインは菫色《すみれいろ》の瞳を瞬《またた》かせる。それがどうしてランスがシェインの気持ちをよく理解してくれるのか、に繋《つな》がらない。言葉を待つように首を傾げたままのシェインにランスが溜息《ためいき》混じりに言った。

「私はその中でも取り分け——鼻が利《き》く。感情にも匂《にお》いがある。私はその匂いを感じ取っているだけだ。別に——君の気持ちを理解している訳ではない」

かんじょう？

「喜んだり悲しんだり、怒《いか》りだったり悲しみだったり。それぞれの感情には匂いがある」

シェインは瞬きをした。それから、率直《そっちょく》な疑問を指先に乗せる。

ランスさんだけが、わかるんですか？

「——そうだな。私は祖先の血が濃《こ》く出たらしい。私が知る限り、私だけだ。まぁ、君のは特に分かりやすいというのもあるが——」

ぼくのは？

首を傾げるシェインに、ランスが言った。

「君は——嘘《うそ》を吐《つ》く気がないだろう」

その言葉に、シェインは首を傾げる。大体の人は嘘を吐くつもりなどなく生きているのではないだろうか。少なくとも、シェインはそう教えられてきたし、そうやって生きてきた。

「人は必ず嘘を吐く。そのつもりがあっても無くても。どんな理由から出た嘘でも。そして嘘を吐くと匂いが濁《にご》る。だから、私は人前では顔を覆《おお》っている」

君といる時は必要無いが、と言われてシェインは瞬きをした。確かに、馬車に乗っていたシェインを連れ出してくれた時、その顔は革製《かわせい》の防具のようなものに覆われていた。あれは匂いを防ぐためのものだったのか、と納得《なっとく》しながらも、シェインは首を傾げて、ランスの掌に文字を書く。

でも、ぼくのことをわかるのは、やさしいからじゃないですか。

「――なに？」

掌に連ねた言葉に、ランスが首を傾げるのにシェインはもどかしい気持ちになって一生懸命《いっしょうけんめい》に拙《つたな》い言葉を紡《つむ》ぐ。

鼻が利くのと、そこから先――シェインの考えていることや気持ちを思いやってくれることは別だ。

例えば、ハンナは紅茶を淹《い》れるのが得意で、何より紅茶そのものも大好きだった。彼女は茶葉を一嗅《ひとか》ぎすれば、茶葉の銘柄《めいがら》から状態までをきちんと言い当てることが出来た。それはハンナが、紅茶のことをよく勉強して、それぞれの特徴《とくちょう》や匂いを覚えて来たからだ。

感情の匂いだって、それと同じでは無いだろうか。

ただ、『何か』の匂いがすることが分かっても、その先にある感情を理解するのには――何度もそれについて考えて学び、思いを馳《は》せることが必要な筈《はず》だ。

そして、シェインの心情をこれだけ正確に言い当てられるということは、ランスはその経験をどこか別のところでたくさんして来たということだ。鼻を覆わなければ、感情が丸ごと理解出来てしまうほどに。それは誰《だれ》かの心を理解しようとするランスの姿勢のお陰《かげ》だ。

誰かを理解しようとする気持ちは、きっと優《やさ》しさから来ているものだ。

それをシェインはダンザの使用人たちから学んでいる。

もどかしく一文字一文字を綴《つづ》りながら、支離滅裂《しりめつれつ》な説明を繰《く》り返し、ようやくシェインの言いたいことがランスに伝わった。

ランスが新緑色の瞳を瞬かせる。

掌とシェインをまじまじと見比べて、やがて呆《ほう》けた顔でランスが呟《つぶや》いた。

「――――そんなことは、初めて言われた」

狼獣人の嗅覚《きゅうかく》が良いことは、ウェロンの中では常識だった。だから、ランスの鼻が格別に利くことも「そういうこともあるだろう」ぐらいで片付けられていて、どうして理解が出来るのかまで考えたことなど無かったのだと言う。

シェインはようやく己《おのれ》の言いたいことが伝わったのと、日頃《ひごろ》から感じていることを相手に伝えられる喜びで、顔を綻《ほころ》ばせながら文字を綴った。

やさしい。

いいひと。

いつも、ありがとうございます。

「──シェイン」

呻《うめ》くようにしながら、ランスが空いている方の手で顔面を押さえた。

「──分かったから、勘弁《かんべん》してくれ」

そう言うランスの手の隙間《すきま》から覗《のぞ》く顔が赤く染まっていて、銀色の尻尾《しっぽ》が落ち着かない様子で揺《ゆ》れているのにシェインは気付いた。

次の瞬間《しゅんかん》、自分がなんだかとんでもないことを伝えたような気になって、シェインの顔も真っ赤に染まった。

指先で何かを伝えようとしたが、更《さら》に深みにはまるような気がして、何の文字も紡ぎ出せない。ランスの掌に指先を添《そ》えたまま途方《とほう》に暮れていると、シェインの指先を相手の男らしい分厚く硬《かた》い掌が包み込んだ。

そのまま顔の赤味が引くまで、二人は無言で立ち尽《つ》くしていた。

ダンザの使用人たちは、シェインにとっては家族だ。

では、ランスは？

そう問いかけると、シェインの胸の中には形容し難い動揺《どうよう》が生まれる。

胸の妙《みょう》な動悸《どうき》について、思い切って診察《しんさつ》に訪《おとず》れたダルニエ医師に相談を試みた。

気になる症状《しょうじょう》がある、と指先で伝えれば、せっかちな医師は黙《だま》ったまま、シェインの指の動きを読み解いてくれていた。しかし、内容が進むにつれてだんだんと眉間《みけん》に皺《しわ》を寄せた挙げ句に「それは医師の領分ではないわっ、他《ほか》の患者《かんじゃ》が待っていて儂《わし》は忙《いそが》しいっ」と踵《きびす》を返してしまった。何を相談したのか、一緒《いっしょ》に立ち会っていたランスに訊《たず》ねられて「胸の動悸」と答えたところ、厳しい顔をしたランスはダルニエ医師を追いかけて行ってしまった。

シェイン一人きりの部屋は、静寂《せいじゃく》に包まれている。

病気で無いのなら、この胸の動悸はなんなのだろう。考えている内に、頭に浮《う》かんできたのは銀髪《ぎんぱつ》の狼《おおかみ》獣人《じゅうじん》のことで、その相手のことを考えているとシェインは頭がふわふわとするような、妙に昂揚《こうよう》した心持ちになる。

春の盛りのような、柔《やわ》らかくて温かい気持ち。

——なんなのだろう、これは。

一心に考えている時は、ただ幸せな気持ちになる。

しかし、それに影《かげ》が差すのはすぐのことだ。

——ランスとは、末王子の行方《ゆくえ》が分かればお別れになってしまうのだから。

シェインの故郷に帰れるように尽力してくれる、とそう約束してくれた。ヴェルニルの田舎《いなか》。ダンザにいる使用人たちとの再会は、ランスとの別れを示していて、それを考えるとシェインの胸の中はぐちゃぐちゃにかき乱される。

ランスの傍《かたわ》らは、シェインが今まで知らない心地《ここち》よさに満ちていた。

ダンザの使用人たちといるのが苦しい、という訳では無い。それは全く別の種類の心地よさなのだ。例えば、あの『家族』の中でシェインは末っ子だけれど、ランスの横では――ただのシェインだ。そして、そんなシェインの気持ちをランスはとてもよく汲《く》み取ってくれる。指先での会話にも根気強く付き合ってくれる。

やさしい。

いいひと。

本人に伝えた言葉のままに、胸の中でその言葉を繰り返すと、じんわりと指先が温かくなってくる。それに伴《ともな》って胸の鼓動《こどう》が速くなる。

医者の領分ではない、ということは、これは病気では無いのか。

だったら、これは――？

そこまで考えたところで、扉《とびら》ががちゃんと音を立てて鳴ったのに、シェインは飛び上がった。基本的に、この部屋に出入りが出来るのはランスだけだ。身代わりのシェインを人目に晒《さら》さないための策だと聞かされていて、シェインはそれに納得している。念のために、ランスが部屋を出る時は外から施錠《せじょう》がされている。

なのに、それを誰かが無理矢理《むりやり》開こうとしている。

どうするべきだろう。逃《に》げるべきか？

外からは何やら物騒《ぶっそう》な気配が漂《ただよ》ってきている。尻尾が警戒心《けいかいしん》でゆらゆらと揺れた。咄嗟《とっさ》に見やったのは窓だが、そこから飛び降りて逃げ出すには、いかに身軽な猫《ねこ》獣人でも怪我《けが》は免《まぬか》れない高さがあった。

次の行動に迷っている内に、何かが壊《こわ》れる激しい音と共に、扉が開いた。

＊＊＊＊

胸の動悸を訴《うった》えている者を放《ほう》り出すとはそれでも医者か、とランフォードがダルニエ医師を捕《つか》まえると、老齢《ろうれい》の医師は呆《あき》れた顔で眉《まゆ》を寄せた。

「生憎《あいにく》、あの猫獣人は喉《のど》以外は健康です。それに、あの相談に——儂のような爺《じじい》の出る幕はありません」

患者が待っておりますので、と王弟《おうてい》であるランフォードを追い払《はら》う医者に釈然《しゃくぜん》としないものを感じながら、ランフォードは一人きりで残してきたシェインのことが気がかりで、足早に居城に取って返そうとした。しかし、そこを王の——兄の秘書の一人に捕まった。

至急、知らせたいことがある。

王からの言付けを無視できる筈もなく、ランフォードは急いで兄の執《しつ》務《む》室に向かった。執務室で待っていたのは王である兄と、宰相《さいしょう》のサスキンスの姿だった。

黒い毛並みの宰相が目礼を送ってきたのに、ランフォードも無言で応《こた》える。

「――それで？」

至急に知らせたいことの正体を訊《たず》ねると、王であるレンフォードが口を開いた。

「ヴェルニル王国の末王子のことだ」

「――ああ」

それが『本物』の王子を指していることに気が付くまで、ランフォードは少し時間がかかった。

「まず身代わりと、王子の失踪《しっそう》についてだが――アンデロの手によるものでないことは分かった。あの国は現在、父王と王子が対立していて酷《ひど》い内乱状態らしい。島国だから情報が回ってくるのが遅《おく》れたが」

「内乱――？」

ヴェルニルの港町一帯の領土に攻《せ》め入り、ウェロンの手助けによって敗走してから、まだ間もないというのに。

そんなランフォードの疑問に答えるように、宰相が口を開いた。

「元々、先の戦《いくさ》自体、国内で賛成派と反対派が対立していたのです。領土拡張を掲《かか》げていたのは父王で、王子はそれに反対していました。それを押し切っての戦で――結果が敗戦です。王子を推《お》す声が大きくなり、王子自ら退位を迫《せま》ったそうですが、父王がそれに抵抗《ていこう》をして」

「それで、内乱か――」

悲惨《ひさん》すぎる展開に、ランフォードは眉を寄せた。そもそも、あの戦は言いがかりで始まったのだ。あの土地がヴェルニルのものだったことは、諸国も認めるところである。略奪《りゃくだつ》をして海へ引き揚《あ》げるだけの海賊行為《かいぞくこうい》ならばともかく、上陸して土地を丸ごと占拠《せんきょ》しようとするには、本国のアンデロが遠すぎる。最初から無謀《むぼう》な戦だった。

ランフォードの思考を打ち切るように、王が言う。

「とにかく、そんな有り様なので、ヴェルニルの末王子とお前の婚姻《こんいん》について構っている余裕《よゆう》は、あの国には無いよ」

「では——誰《だれ》が」

ランフォードの問いかけに、部屋の中に緊張《きんちょう》が満ちた。レンフォードとサスキンスが目を見《み》交《か》わす。どちらも口を開くのを躊躇《ちゅうちょ》している。顔半分を覆《おお》う防具越《ご》しからも伝わってくる感情は、心配。同情。呆れ。そんなところだった。

苛立《いらだ》ちにランフォードの尻尾が激しく揺れる。

そんな弟の様子を見て、溜息《ためいき》を吐《つ》きながら口を開いたのはレンフォードだった。

「末王子は旅程でかなりの我が儘《まま》を通していたらしい。そもそも顔を隠《かく》していたし、自身の匂《にお》いも香《こう》を強く焚《た》きしめて誤魔化《ごまか》していた。聞こえるのは声だけだったそうだが——その声が聞こえなくなったのがいつかを護衛の兵士に細かく聞いた。——末王子の我が儘で逗留《とうりゅう》することになった、ヴェルニルとウェロンの国境付近の市で、だそうだ」

「……市？」

国境付近は商人が多く行き来し、国の特産物の交換《こうかん》などが盛んに行われ、市場が出来やすい。しかし、それは身許《みもと》が不確かな者も多く紛《まぎ》れ込みやすいということで、一国の王子を送るための道筋からは当然外されていた筈《はず》だ。

「自国を離《はな》れることになるのだから、その前にぜひその目で市の賑《にぎ》わいを見たい、見せろと喚《わめ》くものだから——仕方無く投宿を決めたそうだ。それも、王子の我が儘で。王子の決めた宿に」

話の先行きがだんだんと読めて来た。

ランフォードの眉間に皺が刻まれる。

その弟の様子に肩《かた》を竦《すく》めながら、レンフォードは言葉を続けた。

「そして、その宿を離れた日から、王子は打って変わって大人しく馬車の中で過ごすようになった。そのために、ウェロン国内は結構な強行軍を通したらしい。——あの猫獣人には応えただろうな」

付け加えられた言葉が、今回の事件の全容を物語っている。

王子と身代わりの「入れ替《か》わり」が行われたのは、ヴェルニル王国内でのこと。そして——。

「……つまり」

怒《いか》りで声を荒《あら》らげてしまいそうになるのを抑《おさ》えながら、ランフォードは言った。

「ヴェルニル王国の末王子は、自分から身代わりを立てて婚姻から逃げ出したんだな？」

あまりの暴挙に、怒りで頭が白くなる。

泣き腫《は》らした菫色《すみれいろ》の瞳《ひとみ》で、雄弁《ゆうべん》に怯《おび》えと悲しみだけを訴えてくる華奢《きゃしゃ》な黒髪《くろかみ》の猫獣人を思い出せば、その怒りは更《さら》に増した。

「──自国の民《たみ》を身代わりにして、逃げたんだな？」

それが王族のすることか、と怒鳴《どな》り散らしてやりたい。そもそも、これはそんなに簡単な問題では無いのだ。

「ヴェルニル王国の末王子は、ウェロン王国と戦でも起こしたいのか」

低い声で訊ねるランフォードの様子に、レンフォードは困ったように首を傾《かし》げた。

「手元に集まる情報を見ていると、どうにもそこまで考えていないように見えるけどね」

「──なら、馬鹿《ばか》が過ぎる」

そもそも今回の婚姻は、形ばかりのものだったのだ。

狼獣人《おおかみじゆうじん》にとって伴侶《はんりょ》は生涯《しょうがい》一人きりだ。だから、この国では王族だろうと側室を置かない。

それは猫獣人といえど、ヴェルニルの王もよく知っていた。末王子を騎士《きし》ランフォードに、というのはあくまでヴェルニルからの謝意であり誠意だった。ヴェルニルでは王族間といえども離婚《りこん》は珍《めずら》しく無いし、ウェロンの国では神の前で誓約《せいやく》しようと、本人同士が望んで誓《ちか》わなければ婚姻が成立したと見なされない。

だから、ヴェルニルの末王子は半年ほどウェロンに滞在《たいざい》した後、祖国に丁重《ていちょう》に送り返される筈だったのだ。

それを――。

レンフォードが重い息を吐《は》いた。

「ウェロンの兵が聞いたら、暴動が起こりそうだろう」

狼獣人は誇《ほこ》り高い。何より誓約を重視するし、それを破られるのを嫌《きら》う。一国の王子が、よりにもよって名高い騎士を、そんな風に侮《あなど》ったとなれば冗談《じょうだん》ではなく戦が起こりかねない。

歯を食い縛《しば》るランフォードの様子を見ながら、王が口を噤《つぐ》む。

咳払《せきばら》いと共に口を開いたのは宰相だった。

「実のところ、ヴェルニルの国内では一つの噂話《うわさばなし》が出回っていまして――今回の件と関係がありそうなので調べさせました」

「……噂？」

「あの国の公爵《こうしゃく》――ロールダール家の五男が使用人と駆《か》け落ちをしたという噂です」

「――？」

それが今回の件と、どう繋《つな》がってくるのか。

首を傾げたランフォードに宰相が言葉を続ける。

「相手の使用人について可能な限り調べました。ヴェルニルの田舎《いなか》——ダンザという町にある公爵家の別邸《べってい》で下働きをしていた『シェイン』という黒髪の猫《ねこ》獣人で——声が出ない、と」

そこまで聞いたランフォードが、新緑色の瞳を見開いて踵《きびす》を返した。

「ランス！」

呼びかける王の声に、ランフォードは振《ふ》り返りもせずに言った。

「確認《かくにん》をしてくる」

言うな、と口止めされていることに関してシェインは口を開かないが、こちらが暴《あば》いて訊ねたことを認める時に嘘《うそ》は吐かない。

ダンザ。

今まで知らなかったヴェルニルの地名を頭の中で何度もなぞった。

声も出せずに、涙《なみだ》だけ流すシェインの様子が、頭の中でちらつく。それと同時に腹の底から怒りが渦巻《うずま》いて止まらない。

——自国の王子と、自分の仕える家の者に脅《おど》されて、杜撰《ずさん》すぎる計画の下《もと》に、この国に放《ほう》り込まれたのか。

それが上に立つ者のやることか。

それであの猫獣人が、どれほど怯えて泣いて悲しんだことか。声も出ない、自分のことを説明も出来ない。そんな状態でどれほど心細かったことか。

ランフォードの鼻がたまたま利《き》いたから、助けの手を差し伸《の》べることが出来たものの――それが無ければあの猫獣人は、ただ不名誉《ふめいよ》な王子の噂と共に、訳も分からず城の中で泣き暮らすだけの日々を送ることになっただろう。下手をすれば無用な罪の一つや二つ着せられて罰《ばっ》せられていたかもしれない。

――そんなことも、考えられないのか。いや、どうでもいいのか。

あまりの身勝手さに、怒りで目眩《めまい》がする。

尻尾《しっぽ》の毛が逆立っているのが分かった。居城に向かいながら、気を落ち着けようとランフォードは喉《のど》の奥で低く唸《うな》る。

シェインが、どこから来たのかが分かった。

ならば後は帰してやれるように動くだけだ。そう約束をした。それを果たしてやるだけだ。

ランフォードが不在の間、暇《ひま》つぶしになればと思って置いてやった本。

その一冊。

ヴェルニルのなんてことの無い、お茶会の風景の絵を見ただけで、菫色の瞳から涙をこぼしていたシェインの姿を思い出して、胸が苦しくなる。

それから――指先で、文字を伝えて笑う顔も。

菫色の瞳を嬉《うれ》しそうに細めて、無邪気《むじゃき》に笑《え》みをこぼす様子も。

「――」

シェインが、帰る。

あの部屋から――ランフォードの居城から、いなくなる。

当たり前のことだというのに、考えると腹の底がざわついた。ランフォードは頭を振る。

成すべきことを為すだけだ。余計なことを考えるなと言い聞かせて、居城に近付いたところで――嗅覚《きゅうかく》が不快な匂《にお》いを感じ取った。

「……？」

本来ならば、戦場で嗅《か》ぐ類《たぐ》いの匂いだ。

興奮と熱気。敵意と昂揚《こうよう》。複数の者の匂いが色濃《いろこ》く混じって漂《ただよ》っている。

その中に、覚えのある香《かお》りを嗅ぎ分けて目を見開くと、ランフォードはシェインにあてがっている客室へと駆けた。

施錠《せじょう》した扉《とびら》が壊《こわ》されている。

中途半端《ちゅうとはんぱ》に開いた扉を蹴飛《けと》ばすようにして中へ足を進めれば、年若い騎士たちが、びくりと体を竦ませた。

ランフォードの視線は、その中で一人だけに向けられていた。

長椅子《ながいす》に倒《たお》れ込むようにして、体を震《ふる》わせている華奢な猫獣人。

漂っているのは純粋《じゅんすい》な恐怖《きょうふ》と怯えと悲しみだ。黒い尻尾は怯えたように縮まって、肌《はだ》が青白いのを通り越《こ》して白くなっている。

怒りのあまり、頭の中が真っ赤に染まる。無意識に、腹の底からの怒号《どごう》がランフォードの口から迸《ほとばし》った。

「私の『番《つがい》』に何をした！」

その声に長椅子の側《そば》に立ち尽《つ》くしていた甥《おい》のカーライルが、途方《とほう》に暮れたような、怯えたような顔で振り返った。

部屋に押し入ってきたのは、ランスが普段《ふだん》着ている軍服と似たような装《よそお》いをした若者たちだった。年の頃《ころ》はシェインと同じなのかも知れないが、狼獣人は体格が良くて、その辺りのことはよく分からない。

十人ほどだろうか。

じっと注がれる視線にはあからさまな敵意や侮蔑《ぶべつ》が混じっていて、シェインは畏縮《いしゅく》した。そもそも、これほど多くの見知らぬ人から視線を注がれた経験が殆《ほとん》ど無い。

これは何事なのか。

問いただす手段を持たないシェインは、ただ不安に尻尾を揺《ゆ》らしながら、部屋の居並ぶ人たちの顔を見上げる。

その中から、まだ顔にあどけなさを残す騎士が一人進み出てきた。ランスと同じ銀髪《ぎんぱつ》に、活発そうな茶色の目。精一杯《せいいっぱい》の厳《いか》めしい表情を作った相手が名乗りを上げる。

「初めてお目にかかります。わたしはウェロンの王の第五子カーライル・フェイ・ルアーノです」

——王子？

目を見開いて、シェインは身を硬《かた》くする。

シェインが王子と聞いて思い出すのは、自国の同じ名前を持つ王子で——そして、それは決して良い印象では無い。

そんなシェインの反応にも気を留めず、頬《ほお》を紅潮させながらカーライルは言葉を続けた。

「率直《そっちょく》に言います。あなたの評判は聞き及《およ》んでいます。はっきり言って、騎士《きし》ランフォードに、わたしの叔父《おじ》にあなたは相応《ふさわ》しくない。だから、さっさとヴェルニルへ帰っていただきたい」

——え？

聞き返そうにも、言葉にならない。それが酷《ひど》くもどかしい。

最近は、ずっとランスが付きっきりで側にいてくれたせいで余計に。他人との会話は、こんなにもままならないものだったのか、と思い知らされるようだ。

シェインが一言も発する間も無く、いや、そもそもシェインの言葉など聞こうとする素振《そぶ》りも無く、こちらを責め立てる言葉が続く。

「そもそも、騎士ランフォードを私用で縛《しば》り付けて、鍛錬《たんれん》場にも寄越《よこ》さないとは何事だ」

「あの方は、この国の宝なんだぞ」

「そのお方に看病なんてさせて」

どうやら、彼らは騎士ランフォードの熱心な信奉者《しんぽうしゃ》らしい。

しかし、向けられる言葉に、シェインは訳が分からなくなって首を傾《かし》げた。

もちろん、騎士ランフォードの名前は知っている。ウェロン王の弟。そして、先の戦《いくさ》でヴェルニルを助けて終止符《しゅうしふ》を打った張本人だ。

本来なら、シェインが騙《だま》して添《そ》い遂《と》げるはずだった人だ。

しかし、シェインはその人に会ったことが無い。

この部屋に通されて、同意の上で軟禁《なんきん》生活を始めてからというもの、顔を合わせているのは、たった二人だ。

ランスと、ダルニエ医師。

だから、騎士ランフォードを縛り付けているという非難がどこから湧《わ》いて出たのか分からず、シェインはただ困惑《こんわく》する。

「なんと言ったのか知らないが、ダルニエ医師まで懐柔《かいじゅう》したのか？　この淫売《いんばい》め」

「どうせ仮病《けびょう》だろう。それか性病でも患《わずら》っているんじゃないのか」

謂《い》われの無い批判だが、それはシェインでは無く、本物の王子に向けられているものだと思えば、大して辛《つら》いことも無い。

そこで、ふと――シェインは本物の末王子からかけられた言葉を思い出した。

『ウェロン王国の騎士ランフォードは、いつも顔を隠《かく》している戦場好きの変人らしいよ。常に顔を隠してないといけないだなんて、どれだけ醜《みにく》い顔をしているんだか』

ランスは、なんと言ってた？

『私は人前では顔を覆《おお》っている』

嗅覚が敏感《びんかん》だから、だとランスは説明していた。そして、シェインの側にいる時以外は実際にその防具で顔を覆っていた。

――え？

さぁっ、と血の気が引いた。

自分の状況《じょうきょう》に手一杯で、今まで考えたことも無かった。

けれど確かに、あの状況で他国の王子を抱《だ》き上げて連れ出すことが出来る人など、そういるだろうか。それこそ、婚姻《こんいん》相手の王弟《おうてい》でも無い限り。

ランスが、騎士ランフォード――なのだろうか？

それならば非難も分かる。ランスは午前の時間をほぼシェインのために費《つい》やしている。いや、しかし、そんなことはあるだろうか。

そもそも、それなら――最初にシェインが名を訊《たず》ねた時に名乗るのでは。

いや――。

名乗らない、かも知れない。

シェインの知る限り、ランスは優《やさ》しい。そしていい人だ。王族だとランスが正直に名乗っていたら、シェインは今これほど落ち着いて日々を過ごせていないだろう。ただの騎士だと思っていたからシェインはランスに気軽に接することが出来たのだ。そして、あの時のシェインがどれほど怯《おび》えて緊張《きんちょう》していたのか――言葉にせずともランスは分かってしまっている。

本当に、そうだったとしたら――。

どうしよう、と思いながらシェインは顔を青くさせる。

自分の考えに没頭《ぼっとう》していて、投げかけられる声に何の反応も示さないシェインの様子に焦《じ》れたのか、一人が怒鳴《どな》り声を上げた。

「なんとか言ったらどうなんだ！」

その声と言葉が、雷《かみなり》のような衝撃《しょうげき》でシェインの体に響《ひび》いた。

びくっ、と体が飛び跳《は》ねる。同時に遥《はる》か昔、同じような言葉でシェインを怒鳴った人の声が蘇《よみがえ》る。

――なんとか言ったらどうなのよ！

突然《とつぜん》、視界が暗くなった。喉《のど》が締《し》め付けられるような苦しさに襲《おそ》われる。

シェインの顔色が変わったのに、真正面に立っていたカーライルが気付いた。

「シェイン王子？」

――自分は、王子では無い。

けれども、それを公《おおやけ》にすることは出来なくて。王子としてここにいるのだから、それなりのそうした振《ふ》る舞《ま》いを求められているのかも知れないが、そんなことは出来なくて。

何より、何も言えることなど――。

シェインが音にして乗せられる言葉など、何一つ、無い。

ひっ、と喉が鳴ったのを最後に身動きが出来なくなる。

頭の中がぐるぐるとしている。景色が揺れているような気がして目を瞑《つぶ》ると、一瞬《いっしゅん》にして、景色は酒の匂《にお》いが漂《ただよ》う薄暗《うすぐら》い部屋の中に引き戻《もど》された。目線が、今よりも、もっと低い頃。体を丸めて座るシェインの前で、母親が泣いている。泣いて怒《おこ》っている。

――ごめんなさい。

ひっ、と小さくシェインの喉が鳴る。そのまま、息を吸うことも吐《は》き出すことも出来ずに、シェインは座っていた長椅子《ながいす》に突《つ》っ伏《ぷ》した。ただ体を丸めて硬直《こうちょく》する。

カーライルが焦《あせ》ったような声を出した。

「シェイン王子、どうしました？」

シェインの尋常《じんじょう》でない様子に、勢い任せにやって来たらしい若い騎士たちの間に動揺《どうよう》が広がっていった。

「仮病か？」

「いや、それにしては様子が――」

「病は本当だったのか？」

「誰《だれ》か、医者を」

そんなざわめきの中で、ふと空気が静まり返った。

足音と共に、誰かが近付いてくる気配がする。そして、怒声《どせい》が響き渡《わた》った。

「私の『番《つがい》』に何をした！」

——ランスが声を荒《あら》らげているのを、初めて聞いた。

長椅子に倒《たお》れたまま、薄く目を開く。顔の上半分しか見えなくても、ランスの表情が険しいことは分かった。ランスが部屋に足を踏《ふ》み入れるごとに、それをよろめくように避《さ》けた若者たちが、腰《こし》を抜《ぬ》かしたようにへたり込んで、床《ゆか》に倒れ込む。

カーライルも、なぜか真っ青な顔をしていた。そして、小さな声で言う。

「お、叔父上——」

「黙《だま》れ」

シェインが聞いたことの無い乱雑さで王子の言葉を切り捨てたランスが、屈《かが》み込んで顔に掌《てのひら》を当てた。

「——シェイン」

いつもの温かさだった。

それにシェインの瞳《ひとみ》から勝手に涙《なみだ》がこぼれて落ちる。

「息をしろ」

言われても、動くことが出来ない。気が付かない内に食い縛《しば》っていた歯をこじ開けるように、太い指が入り込んできた。口をこじ開けられる。そうされたところで、どうやって息をしていたのかが思い出せない。

苦しさだけが増していって、意識がだんだん遠のいていく。

新緑色の瞳が細められる。

乱暴に顔の下半分を覆う防具を下ろすと、ランスが顔を近づけて来た。ぼやけた視界の中で、新緑色に焦点《しょうてん》が合わない。

温かいものに唇《くちびる》が覆われて、ぐ、と息が吹《ふ》き込まれる。反射で喉が動いて、胸が上下する。咳《せ》き込んだ途端《とたん》に生理的な涙が散って、シェインは肩《かた》で息をした。手足が強《こわ》ばって上手《うま》く動かない。頭の中で、同じ声がいつまでも木霊《こだま》している。

そんなシェインの様子を見つめていたランスが、無言で腕《うで》を伸《の》ばした。体が抱き上げられる。

ランスが部屋にいる若者たちを見回して、何の感情もこもらない声で淡々《たんたん》と告げた。

「――処罰《しょばつ》は王から下る」

そのまま、真っ直《す》ぐに部屋を出て行く。どこに連れられていくのか。そこまで考えが及《およ》ばない。そのまま、シェインの体は柔《やわ》らかい場所に下ろされた。ランスに後ろから抱き込まれて、いつかのように呼吸を促《うなが》すようにみぞおちを撫《な》でられ、喉仏《のどぼとけ》のあたりに手を当てられる。

「シェイン、息をしろ」

先ほど勢いで出した呼吸は、いつの間にか止まっていた。どうやって、それを再開したら良いのか分からない。

「シェイン？」

ランスの声に、首を振る。

「どうしてだ？」

上手く動かない手を持ち上げると、ランスがいつものように掌を差し出して来た。そこに弱々しく指先で文字を書く。

だめ。

「――何が駄目《だめ》だ？　君が息をすることが？　どうしてだ？」

おこる。

「誰が怒るんだ、そんなことで？」

おかあさん。

「――」

だから、だめ。

どうして声が出なくなったのか、思い出した。

シェインの母親は、感情の起伏《きふく》が激しく、不安定な人だった。

父親は物心ついた頃《ころ》からいなかった。経緯《けいい》はよく知らない。けれども、シェインの記憶《きおく》の中に最初からそれは存在しなかった。

伴侶《はんりょ》を短期間で替《か》えることも珍《めずら》しくない猫獣人《ねこじゅうじん》の中では、ありふれた家庭だった。

酒が入ると、母はよくシェインを打《ぶ》った。打って、声を上げてシェインが泣くと、余計に母は泣いて怒って声を荒らげた。

――うるさい、泣きたいのは私の方よ！

そう、母が言うから――。

だから、シェインは声を出すのを止《や》めたのだ。シェインが何を言っても、どんな風に声をかけても、母は苛立《いらだ》つばかりだったから。そんな声なら、いらないと思ったのだ。

なのに、何も言わなくなったシェインに、母は余計に苛立って怒って泣いた。

――なんとか言ったらどうなのよ！

覚えている限り、それが母親からシェインに向けて最後にかけられた言葉だ。そして、そのままシェインを置き去りにして母親は家に帰って来なかった。

言葉にしてもしなくても、声にしてもしなくても。シェインの母親は苛立つばかりで、最後にはただ置き去りにされてしまった。

それなら、もういっそ——声なんて出なくていい。シェインなんて、いなくなって、しまっても——。

「シェイン」

体がぐるりと反転される。正面から抱《だ》き締《し》められる。ランスの声が直接に、耳に響《ひび》いた。

「君が帰りたいと思っていたところはダンザだろう。そこにいるのは誰だ？　そちらが——君の家族だろう。君の家族は、君が呼吸をすることで怒るのか？」

首を振る。

そんなことは無い。

むしろ、そんな考えに至ったら盛大に叱《しか》られるだろう。ハンナやリリアは泣くかも知れない。

「そうだろう——だったら、大丈夫《だいじょうぶ》だ」

息をしろ、と優《やさ》しく背中を擦《さす》る掌に促されて、喉《のど》がこくりと動く。何度か咳き込みながら、徐々《じょじょ》に呼吸が出来るようになっていく。はぁっ、と大きく息を吐いた。ひっ、と喉が鳴って、ようやく普通《ふつう》に息が出来るようになって来る。

頭がごちゃごちゃになっていて、よく分からない涙がぼたぼたとこぼれて落ちる。

「——怪我《けが》はしていないな？」

確認《かくにん》する声に、首を横に振《ふ》る。すると、ランスが溜息《ためいき》を吐《つ》いて言った。

「——一人にして悪かった」

私のせいだな、と呟《つぶや》きながら宥《なだ》めるような掌が何度もシェインの背中を擦る。そのまま抱き締められていると、ランスの唇が額に押し当てられた。そのまま瞼《まぶた》、頬《ほお》、鼻先、顎《あご》、耳、首筋と落ちていく。背中に回っていたランスの腕が一つ外されて、冷えて強ばったシェインの手を取った。その指先にも唇が落とされる。

冷えたそこに、相手の温度が移ったようで、指の先がじんわりと温かくなっていく。

「約束通り、君がダンザに帰れるように手配する」

安心してくれ、と言う声が温かくて、シェインはほっと体から力を抜いた。

——この人の側《そば》は、温かい。

どうしてなのだろう、と考えていると、先ほど取られた方とは反対の手が取られて、そこにも同じように唇が落とされる。じわじわと体中に広がっていく温かさが心地《ここち》よくて、シェインの瞼は自然に落ちていく。

「シェイン」

呼ばれて薄《うす》く目を開くと、そこには綺麗《きれい》な新緑色がある。ランスの声が何か言葉を紡《つむ》ぐのを遠く聞きながら、シェインの意識はゆっくりと眠《ねむ》りの中に落ちていった。

＊＊＊＊＊

その日から、ランス——いや、ランフォードはシェインの前に姿を見せなくなってしまった。騙《だま》すようになってしまってすまなかった。君が無事に帰れるように手配をする。

そんな文章の後に「ランス・フェイ・ルアーノ」と、署名された手紙だけがシェインの手元には残された。

今までシェインが過ごしていたのは、王城の中にあるランフォードの居城の客室だったのだということは、シェインの診察《しんさつ》に訪《おとず》れたダルニエ医師から聞かされた。そして、シェインが今いるのは、外国からの賓客《ひんかく》を迎《むか》えるための本城の居室だとも。

ランス——いや、ランフォード殿下《でんか》は今、何をしているのか。

ダルニエ医師に問うと、苦い顔をした医者は言った。

「謹慎《きんしん》している、居城で」

きんしん？

意外な言葉に、シェインは瞬《まばた》きをした。

「仮にも自分の伴侶を、居城で危険な目に遭《あ》わせたのだから、まぁ、狼《おおかみ》獣人なら当然の行動ですな」

シェインは首を傾《かし》げた。

部屋に押し入ってきたのは、第五王子を筆頭とする若い騎士《きし》たちの一部だったと聞いた。

狼獣人は誇《ほこ》り高く、厳格だ。その国の名高い騎士が、猫獣人の評判のよろしくない王子と婚《こん》姻《いん》を結ぶことになったと聞けば、面白《おもしろ》く無いと感じる人がいるのも当然な気がするが。

シェインが途切《とぎ》れ途切れに紡いだ意見を、老医師は鼻先であしらった。

「嫌《いや》なら嫌とはっきり王弟殿下が言うだろうに。猫獣人は猫獣人の始祖である神に婚姻を誓《ちか》うものかも知らんが、狼獣人にとっての婚姻は互《たが》いに対する互いの真摯《しんし》な誓いだ。それに口を挟《はさ》もうなどというのは烏滸《おこ》がましいし、『我々《われわれ》がどうにかしてやろう』などというのは、若気《わかげ》の至りにしても傲慢《ごうまん》もいいところだ。――そもそも自分の婚姻一つ、どうにも出来ないでいる男だと思っている時点で騎士ランフォードを侮辱《ぶじょく》している」

まぁ、今は懲罰房《ちょうばつぼう》で反省しているらしいが。

興味も無さそうにそんな話をした老医師は、それよりとシェインに険しい目を向ける。

「眠っていないな？」

鋭《するど》い問いかけに、困ってシェインは俯《うつむ》く。薄く目の下に出来た隈《くま》を、医者の鋭い目は見逃《みのが》さなかったらしい。

「それから、食事の量が減っていると聞いたが？」

今度は首を縮めた。本城に居を移されてから、シェインはなんだか調子を崩《くず》している。

何より苦痛なのが『王子』として扱《あつか》われることだった。丁重《ていちょう》に接されることに精神が疲弊《ひへい》する。声が出ないことはダルニエ医師のお陰《かげ》で病と見なされ、意思の疎通《そつう》が出来るようにと、学者などがよく用いる小さな黒板と白墨《はくぼく》を渡《わた》された。掌《てのひら》にもどかしく文字を綴《つづ》っていた頃より、よほど自由に意思の疎通が出来るようになった筈《はず》なのに、何も言葉が出て来ない。誰《だれ》とも会うのが億劫《おっくう》で「ひとりにしてください」というお願いだけを黒板に書いて、そのまま寝室《しんしつ》に引きこもって、シェインはひたすらぼんやりとしている。

ダルニエ医師がこれみよがしな溜息を吐いた。

「それは——殿下と会えないことが原因かな？」

シェインは、首を傾げた。

どうなのだろう。

分からないけれど、頭に浮《う》かぶのはランフォードのことばかりだ。

それにウェロンに来てから、シェインはずっとランフォードと時間を共にしていた。その存在が無くなったことに、心細さを感じているのかも知れない。

シェインのその様子を眺《なが》めて、ダルニエ医師が不機嫌《ふきげん》そうに尻尾《しっぽ》を揺《ゆ》らしながら言う。

「猫《ねこ》獣人は早熟な者が多いのでは無かったのか？」

——？

なにがだろう、と問いかけようとしたところで、ダルニエ医師が言う。

「前に言っていた、動悸《どうき》とやらはどうなった？」

なくなりました。

白墨の文字で答えるシェインは、でも、と言葉を続けた。

ときどき、くるしい。

胸の奥が引き絞《しぼ》られるように、苦しくて、切なくなる。

そんなシェインの返答に、医者は再び大きな溜息を吐いた。

「――言っておくがな、それは病だ。病は病でも医者の手に余る病だ。儂《わし》の手には負えないから、自分でなんとかしなさい。……それにしても、やれやれ……殿下は朴念仁《ぼくねんじん》で、こっちは奥手か」

ダルニエ医師の憤然《ふんぜん》とした呟きに首を傾げていると、診察用の黒い鞄《かばん》を乱暴に閉めた老医師が、帽子《ぼうし》の位置を正すようにして言った。

「とにかく、しっかりと食べて眠ること。それ以上、お前さんに儂が出来ることは無い！」

ではな、と勢いよく告げて医者が部屋を出て行く。診察に対する礼を言う暇《ひま》も無いのは、いつものことで、その様子になんだか少し気が抜《ぬ》けて、シェインは小さく笑ってしまった。

医者の退室を待っていたように顔を出したのは、焦《こ》げ茶の毛並みを持つ狼獣人《じゅうじん》だった。本城に移ってから、シェインの身の回りの世話を熱心にしてくれている。

「何か――召《め》し上がりますか？」

遠慮《えんりょ》がちに問いかける声に、シェインは先ほどまでの老医師との黒板でのやりとりを消すと、白墨で文字を紡ぐ。

ありがとうございます。だいじょうぶです。ひとりにしてください。

掲《かか》げた黒板に、困ったような顔をして尻尾を揺らして狼獣人が退室して行く。

シェインは客室から奥の寝室に移り、一番日当たりのいいところに置いたままになっている椅子《いす》の上で、膝《ひざ》を抱《かか》えるようにして座った。

日向《ひなた》ぼっこは、ダンザに居た頃《ころ》からシェインの趣味《しゅみ》だ。暖かい日差しに包まれていると、安心するし、幸せな気持ちになる。

けれど、今はどちらかと言うと——。

シェイン、と呼んでくれた銀髪《ぎんぱつ》の狼獣人の腕《うで》を思い出していることの方が多い。

昼の間、日の光にあたりながら微睡《まどろ》んで——夜は眠れないまま朝を迎える。

そんな日々を繰《く》り返している内に、遂《つい》にダルニエ医師から特大の雷《かみなり》がシェインに落ちた。

「だから、寝《ね》ろ！　食え！　そう言っているだろうに！」

簡潔な医者の指示に、シェインは悄然《しょうぜん》とうなだれた。そんなダルニエ医師の様子を、使用人たちがハラハラと見守っている。

「そんなに王弟《おうてい》殿下が恋《こい》しいなら、使いの一人でも出せばよかろう！　すぐに飛んでくるわ！　匂《にお》いづけまでされておいて、なにをそんなにうじうじと悩《なや》んでおるのか、儂にはさっぱり分からん！　こんな爺《じじい》に首を突《つ》っ込ませるな！」

憤然と言い切るダルニエ医師の言葉に、シェインは首を傾げた。白墨を取り上げて、黒板で問う。

においづけ？

シェインの問いに、瞬いたダルニエ医師は、そこでシェインをまじまじと見て呟《つぶや》いた。

「……猫獣人には無い習慣だったか」

そう言えば、という顔をされるのにシェインは尚更《なおさら》首を傾げた。苦虫《にがむし》を噛《か》み潰《つぶ》したような顔でダルニエ医師が腕を組む。

匂い、と言われて自分の手首のあたりに鼻を近づけてみるが、特に変わった匂いはしない。なんの話だろう。

思って老医師に視線を向ければ、珍《めずら》しく考えあぐねたような顔のダルニエ医師がいる。

そこに、穏《おだ》やかな声がかかった。


「――後は私が引き受けよう、ダルニエ医師」


声の方に視線をやって、シェインは瞬きをした。

――ランフォードに、似ている。

現れた人に、シェインが抱《いだ》いたのはそんな感想だった。銀髪に深緑色の瞳《ひとみ》。それから、ランフォードよりも柔和《にゅうわ》な顔立ち。

使用人たちが整然と並んで、頭を下げている。

――この人は？　そうダルニエ医師に訊《たず》ねるよりも先に、シェインの目に、その狼獣人の背後にいる、背の低い銀髪の少年の姿が飛び込んできた。シェインの尻尾の毛並みが逆立つ。

無意識に体が強《こわ》ばり、不安を訴《うった》えて尻尾が忙《せわ》しなく揺れた。

ランフォードに良く似た狼獣人の背後に控《ひか》えていたのは――第五王子のカーライルだった。

ただ、いつかのように押し入ってシェインの前に現れた勢いや元気さが無い。耳も尻尾も垂れ下がっていて、何か気が沈《しず》んでいるらしいことだけは知れた。

明らかに動揺《どうよう》しているシェインの様子に、ランフォードに似た狼獣人が困ったように笑う。

「すまないね、すぐに退出をさせるから」

言った狼獣人が、促《うなが》すようにカーライルに視線を向ける。

上がった声は弱々しかった。

「――大変、申し訳ありませんでした」

綺麗《きれい》な直角のお辞儀《じぎ》を見せられても、シェインはそれに何と言葉を返せば良いのか分からない。おろおろと視線をさまよわせていれば、シェインの様子に微《かす》かに笑った銀髪の狼獣人が、カーライルに声をかけた。

「謝罪をしたいという、お前の我が儘《まま》は叶《かな》えたよ。――ただ、それとお前が許されるかどうかは別の問題だし、お前の罰《ばつ》は続いている。今回のことはしっかり考えなさい」

朗々と通る声で、教え諭《さと》すように言う。

その言葉の使い方にシェインはバーナードを思い出した。新しい仕事について、ルナルドやジョイスに教える時に出す声音《こわね》に良く似ている。

カーライルが頭を上げて、その言葉に無言で頷《うなず》く。尻尾と耳を垂らしたまま、王子は控えていた騎士《きし》に連れられて、部屋を出て行った。

「他《ほか》の者も下がってくれるだろうか？」

銀髪の狼《おおかみ》獣人の問いに、しずしずと使用人たちが従う。ダルニエ医師は帽子を外して一礼すると、そのまま部屋を出て行った。

見知らぬ銀髪の狼獣人と二人だけ取り残されて、シェインは狼狽《うろた》えた。王子に対して、あのような口を利《き》けるのだから身分が高い人なのは分かる。ダルニエ医師も、他の使用人たちも、この人の指示に一言も逆らわなかった。

しかし、一体誰なのだろう。

そもそも、身分の高い相手への接し方などシェインは知らない。

あからさまに不安で尻尾を揺らすシェインの様子を、まじまじと深緑色の瞳で観察しながら、やがて相手は困ったような顔で笑った。

「我が弟ながら、説明も無しにこれだけ匂いを付けて。怖《こわ》いぐらいだ」

どこか呆《あき》れた調子で言いながら、相手は気軽にシェインに問う。

「座っても良いだろうか？」

頷きで答えるシェインに「ありがとう」と軽《かろ》やかに言った人は、手近な椅子を引いて腰《こし》を下ろした。

「――さて。何から話したものかな」

緊張《きんちょう》しきったシェインの様子に、相手は苦笑《くしょう》をした。

「まず、そうだな。カーライルについてからにしようか」

そう言って、相手は真摯《しんし》な顔をして頭を下げた。

「申し訳なかった。あの子は、少し愚直《ぐちょく》すぎるきらいがあってね。人の話を素直《すなお》に信じすぎる。私の方から、もう少し正してやる機会があれば良かったのだけれど、先に行動を起こされて――結果として君に害が及《およ》んでしまった」

シェインはなんと言葉を返せば良いのか分からなかった。

これと言ってシェインに何かをされた、ということは無い。勝手にシェインが昔のことを思い出して、混乱して倒《たお》れただけだ。むしろ、あちらの方こそ訳が分からなくて困っただろうに。

頭を上げた銀髪の狼獣人は、シェインの表情を見て言う。

「直接、手をあげたりはしなかったとはいえ、徒党を組んで自分より弱い者を責め立てるような所業を許すわけにはいかないよ。親として」

――親？

シェインは瞬《まばた》きをした。

王弟であるランフォードと似た面立《おもだ》ち。

銀髪に、深緑色の瞳。

第五王子だと名乗ったカーライルの、親。

——つまり、目の前の相手はウェロンの国王陛下か。

頭の回転が鈍《にぶ》い自分にシェインはつくづく嫌気《いやけ》がさした。さぁっと、顔から血の気を無くすシェインの様子に、ランフォードとは違《ちが》う深緑色の瞳が開かれる。

「おや、困ったな。君に倒れられると、私が弟に叱《しか》られる。——大丈夫《だいじょうぶ》かい？」

大丈夫ではない。頭がくらくらする。けれども、無言で小さく頷きを返す。そんなシェインの様子を眺《なが》めながら、王——レンフォード・フェイ・ルアーノは顎《あご》を擦《さす》った。

「さて、カーライルのことだが。仮にも一国の王子が、他国の王子に対してして良い振《ふ》る舞《ま》いでは無い。——その相手にどんな噂話《うわさばなし》があろうとね。君が本物の王子か否《いな》かも、関係が無い。そうである、とされている人物をどう扱《あつか》ったか、というその振る舞いが問題なんだ。そういう意味で、処罰《しょばつ》は必要なことだから気にしないで貰《もら》えると有り難《がた》い」

よく分からないが、そういうことならば、と頷きで答えるシェインに笑いかけて、王は仕切り直すように姿勢を正して言う。

「本題は——私の弟のランフォード、いやランスのことなんだが」

その名前に、ぴくりとシェインの耳が動いた。

「ああ――そう言えば、ランスは私が子どもの頃《ころ》に弟につけた愛称《あいしょう》なんだよ。だから、弟も君に偽名《ぎめい》を名乗ったわけでは無いんだ」

どこか庇《かば》うような調子で言う王の言葉が、シェインの耳を素通《すどお》りしていく。落ち着きのないまま最近では、すっかりと扱いに慣れた黒板を引き寄せて、白墨《はくぼく》で文字を綴《つづ》る。

きんしんは？

どうなりましたか、という後半の問いを省略したシェインの性急な問いに、王のレンフォードは苦笑した。

「まだ居城で謹慎《きんしん》をしているよ」

いつまで？

「さぁ？　なにせ自主謹慎だからね。私が命じていることでは無い。本人が決めたことだ。腕《うで》だけは立つ弟を力ずくで引っ張り出すのは至難の業《わざ》だからねぇ――しばらく出て来ないだろうけど」

どうして？

不意に泣きたいような気持ちになって、シェインはその文字を書いて途方《とほう》に暮れる。

ランスが、ランフォードがそんなことをする理由など一つも無いだろうに。

シェインの様子を見ながら、王のレンフォードは肩《かた》を竦《すく》めた。

「私も、いい加減に出て来るように言ったのだけれどね。口を開いたかと思えば、君をダンザに送り返してやれの一点張りだ」

　不意に出てきた故郷の名前に、シェインは瞬きをした。王が苦笑をして言葉を続ける。

「たぶん、弟は——君がヴェルニルのダンザに帰るまで、謹慎を続けるつもりかな」

　告げられた言葉に、衝撃《しょうげき》を感じた。

　シェインがヴェルニルに、ダンザに帰るまで、謹慎を続ける——ということは、つまり、ランフォードは、もうシェインと顔を合わせるつもりが無いということだろう。

　それが、どうしてか自分でも分からないほどショックだった。

　王弟《おうてい》である。

　最初の距離感《きょりかん》がおかしかったのだ。

　まだ、ダンザに帰れるように手配をしてくれているだけ、心にかけてくれているだけありがたいと思うべきなのに。

　あの新緑色の瞳と、もう会うことが出来ないという事実に——どうしようも無いほどの喪失感《そうしつかん》を覚えた。

　表情を全《すべ》て落としてしまったようなシェインの顔を、深緑色の瞳《ひとみ》でじっと見つめた王のレンフォードが不意に言う。

「——君のことを王子では無い、と最初に断じたのはランスだよ」

　唐突《とうとつ》に始まった話に、菫色《すみれいろ》の瞳を動かすと、王が淡々《たんたん》と言葉を続けた。

「私は最初にそれを聞いて君を刺客《しかく》じゃないかと疑った。すぐに尋問《じんもん》にかけるべきだ、とも思った」

シェインは背筋が寒くなった。確かに、偽者《にせもの》だと断じられた時点で、そうされている可能性はいくらでもあった。そして、シェインには申し開きをする術《すべ》が無い。

今更突きつけられた事実に、背筋を震わせると王が言った。

「けれど、ランスが――君は違うと言い張ってね。挙げ句に、自分で面倒《めんどう》を見るなんて言うものだから、本物の王子が消えたことよりも、私はそちらに驚《おどろ》いたよ。――あの子の鼻のことは知っているだろう？」

王が何を言いたいのか分からずに、シェインはぎこちなく頷いた。

「あの鼻のせいで、弟はまぁ――ある種の人間不信でね。家族の私でも、ランスの顔をまともに見るのなんて食事の時ぐらいだ。あの子の居城に、住み込みの使用人が置かれていないのは、あの子が他人の匂《にお》いを側《そば》に置くのを嫌《きら》ってのことで――だから君を真っ直《す》ぐに自分の居城に連れて行った、ということにも驚いていたんだよ」

――？

瞬きをするシェインに、王が打ち明け話でもするように声を潜《ひそ》めて言った。

「君は、ランスの特別だということだよ」

――特別？

ぴんと来ない言葉に瞬きをするシェインに、王は訊《き》く。

「何かランスと約束をしたかい？　いや、あるいはあの子が一方的に誓《ちか》ったのかな？」

約束。

言われて思い浮《う》かぶのは、ランフォードと最後に会った時だ。

ぎこちなく白墨を動かして、黒板に文字を紡《つむ》ぐ。

ダンザにかえれるようにしてくれるって。

「ああ、なるほど――そういうことか」

それだけで腑《ふ》に落ちたような顔をする王が、何に納得《なっとく》したのかシェインは分からない。

助けを求めて見つめても、王は深緑色の瞳を細めてにこりと笑って答えない。初めて見た時はよく似た兄弟だと思ったが、こうして時間が経《た》てば、むしろ差異が目立ってくる。

ランフォードは。

シェインの頭の中で、新緑色の瞳が煌《きら》めいた。

もっと――真っ直ぐシェインのことを、見る。

ぼんやりとランフォードの顔を思い浮かべるシェインに、王が補足するように言う。

「君がダンザに帰るまで謹慎を解かない、というのは弟なりに君との約束を果たそうとしているからだ」

――？

シェインがダンザに帰ることと、ランフォードの謹慎がどこで繫《つな》がっているのか。

「君と顔を合わせてしまったら、君をダンザに送り出してやる自信が無いんだよ。ランスは」

――？

足された言葉に、ますます訳が分からない。

困惑《こんわく》を深めるシェインに向けて、レンフォードは苦笑《くしょう》を深めた。

「ここから先は、弟が自分で君に説明するべきかな。――ただ兄として、一つ君にお願いがある。君が嫌《いや》で無いなら、会いに行って貰えないだろうか。弟に。出来れば一人で。君から会いに行けば、決して弟は邪険《じゃけん》にしないから」

その申し出に、シェインは瞬きをした。

会いに――行ってもいいのだろうか。

話を聞く限り、ランフォードはシェインを避《さ》けているようだ。それなのに、シェインから押し掛《か》けては迷惑《めいわく》にならないだろうか。それに、何より、シェインはランフォードの居城の在り処《か》も把握《はあく》していない。自分が本城のどこにいるのかも把握していないのだ。

一人で会いに行く、というのは現実的に考えて難しいだろう。

困惑した顔をするシェインに、王が少し悪戯《いたずら》げな顔をして、するりと一枚の紙を滑《すべ》らせた。

「――これは私がうっかりと忘れていくものだ。だから、君の方で処分してくれて構わない」

滑らされた紙が、本城のシェインが今暮らしている部屋から、ランフォードの居城までの経路図になっているのにシェインは瞬《まばた》きをした。

うっかり忘れて行くようなものだろうか、これは。

思いながらもシェインの視線は、その紙から離《はな》れない。いや、離すことが出来なかった。

ここにランフォードがいるのか、と思うとなんだか堪《たま》らない気持ちになる。

王は、そんなシェインの様子を見ながらわざとらしい口調で言った。

「あと、これは私の独り言なんだが——今日の夜はたまたま使用人たちの労を労《ねぎら》う宴《うたげ》が開かれる。だから、いつもより見張りの人数が少ないらしい。もちろん、本城の使用人たちも参加をするものだ。君が朝まで一人にしてくれと頼《たの》んだら誰《だれ》も、部屋には近付いて来ないだろうね。部屋を抜《ぬ》け出しても誰かに見咎《みとが》められることは無いよ。安心しなさい——いやいや、これは独り言だった」

にこにこと笑いながら、そんな言葉を続ける王にシェインは菫色の瞳で困惑を訴《うった》えた。

そのシェインの困惑に答えることなく、王はやはり独り言の調子を崩《くず》さずに言った。

「今日は新月らしい。狼獣人《おおかみじゆうじん》なら灯《あか》りが必要かも知れないが、猫《ねこ》獣人なら夜目が利《き》くから問題は無いだろう」

そこまで言って、最後の言葉だけは、きちんとシェインに向ける。

深緑色の瞳が、真っ直ぐにシェインを捉《とら》えて、力強い声がはっきり言った。

「——ランスをよろしく」

＊＊＊＊＊

「そろそろ自主謹慎《きんしん》を解いたらどうなんだい」

呆《あき》れた声で言う兄の言葉に、ランスは軽く眉《まゆ》を上げるだけで答えた。

相変わらず口元を覆《おお》う防具で表情を読ませない弟に、レンフォードは溜息《ためいき》を吐《つ》いた。

「騎士《きし》ランフォードの謹慎のお陰《かげ》で、騎士団の士気まで落ちているんだが？　若手の暴走を食い止めきれなかった自分が悪い、と言い出して自主謹慎を始める者が相次いでいる。まぁ、それに関しては私の名前を出して思いとどまるように言っているが――いい加減に出て来て貰《もら》わないと困る」

「……シェインは？」

どうなった、と訊《たず》ねるランフォードにレンフォードはこれみよがしな溜息を吐いた。

「まだ城にいるよ」

「なぜ？」

「お前の伴侶《はんりょ》として迎《むか》え入れた王子を、いきなりヴェルニルに突《つ》き返すなんて真似《まね》、出来るわけがないだろう」

言われてランフォードは眉を寄せた。

「シェインは本物の王子ではない」

「それを知っているのは、この国でも極《ごく》限られている。あの子は、我が国の人間にとってはヴェルニル王国の末王子なんだよ」

「――先にそれを破ったのは、ヴェルニルだ」

「それを公《おおやけ》にしたら戦《いくさ》になるぞ。こちらの好意を無下にするような振《ふ》る舞《ま》い、許される訳が無いだろう。そうなったら――お前が一生懸命《いっしょうけんめい》に帰してやろうとしているあの子の故郷も焼け野原かな」

ランフォードの瞳が剣呑《けんのん》な色を宿した。向けられる怒気《どき》に、レンフォードは肩《かた》を竦《すく》める。

「お前の言いたいことは分かるよ。あの子は、末王子の浅はかな計画に巻き込まれた被害者《ひがいしゃ》だ。だから、あの子の望む通りに故郷に帰してやるのが筋というものだが――それがすぐに出来れば苦労はしない。もう、あの子は城の人間にとっては末王子なのだから。それに、だな」

「――それに?」

「お前があんなに派手に匂いづけしている相手を、黙《だま》って祖国に送り返すなんて真似が出来る訳ないだろう」

兄からの指摘《してき》に、ランフォードが気まずげな顔をして視線を逸《そ》らした。

匂いづけは、生涯《しょうがい》を特定の伴侶と過ごす獣人によく見られる行動だ。相手に自分の匂いをつけることで、「この相手には今求愛をしている者がいる」ということを知らしめる威嚇《いかく》の意味も含《ふく》んでいる。

匂《にお》いづけをされたものは、その匂いが薄《うす》れる前に求愛を受け入れるか受け入れないのかの返事をするのが暗黙《あんもく》の了解《りょうかい》となっているが——。

「あの子は、匂いづけを知らなかったぞ。猫獣人に無い習慣だから当然だろうが。それに、自分が誰かに匂いをつけられているのにも気づいていない。——意味も知らせずに、一方的に匂いづけをするなんて行儀《ぎょうぎ》が悪いにもほどがある」

兄の叱咤《しった》に対して、ランフォードは反論せずに目を伏《ふ》せた。

本城の居室に、意識の無いシェインを運び込んだのはランフォード自身である。

滅多《めった》に口を利かない王弟殿下《おうていでんか》が、恭《うやうや》しく運び込んで「世話を頼む」と使用人たちにわざわざ頼んでいったのだから、シェインにつけられた匂いが誰の者なのか当然のごとく城の者たちは把握している。

レンフォードが軽い口調で言った。

「お陰で使用人たちは、あの子に触《ふ》れることの無いように気を張ってるよ。指一つ触れたら、手首の一つも落とされるんじゃないかってね」

「——そんなことはしない」

「するんじゃないかと思われるほど攻撃《こうげき》的な匂いだと言っているんだよ。まったく——ダルニエ医師も呆れていたよ。そこまで入れ込んでおいて、どうして手放そうとするのか理解が出来ない」

「――帰してやると言ったからだ」

「それで？」

「なに？」

「帰してどうするんだ、お前は。匂いが効くのは、狼獣人や犬獣人ぐらいだぞ。あの子の故郷にいるのは猫獣人だろう。あの子に求愛者がいる相手だなんてことを知る者は誰もいなくなる。匂いだってずっと付いている訳ではない。――あの子だって、声が出ないだけで、立派な成人だろう。幼い様子はあるが、正直で控《ひか》えめで素直でいい子だ」

「――何が言いたい？」

「あの子がいずれ、お前以外の誰かと結ばれても良いのか、お前は」

その言葉にランフォードは沈黙《ちんもく》で返した。

それは紛《まぎ》れもない肯定《こうてい》だった。

王である兄が、深い溜息を吐いた。

「相手が生きているのに？　思いも告げずに、ただ諦《あきら》めて手を離して、その恋《こい》に殉《じゅん》じるのか？父上のように相手が亡《な》くなっているなら分かるぞ。――ランス、あの子はまだお前の手の届く場所にいるだろう？」

「だから、会わない」

「ランス」

兄に視線を向けて、ランフォードは言った。

「ダンザに家族がいるらしい。家族を思って、よく泣いていた」

ランフォードの言葉に、兄が黙る。

「自分勝手に引き離されて、見知らぬ土地に放《ほう》り込まれたんだ。挙げ句に、怖《こわ》い思いをさせた。だから、早く帰してやるべきだ。それに、そう約束をした」

「――カーライルたちには、きちんと処罰《しょばつ》を与《あた》えている。もう、あんなことは起こらない」

「油断した私が悪い。そもそも、ヴェルニルの末王子によくない感情を抱《いだ》いているのは分かっていた。それなのに放置をしていた。私のせいだ」

「それを言ったら、私はカーライルの父親だぞ！　お前よりよほど責任が重いだろうに！　そもそも、ヴェルニルからの申し出を受けなければ、この婚姻《こんいん》が無ければ、あの子はこんな目に遭《あ》わなかったんだ。あの子を傷つけた責任が全部自分にあると思うのは傲慢《ごうまん》だぞ、ランス」

レンフォードの窘《たしな》める言葉に、ランフォードは端的《たんてき》に言った。

「だが、事実だ」

「石頭め――」

呆れたように言った兄が、お手上げだと言わんばかりに天井《てんじょう》を見上げる。

狼《おおかみ》獣人は伴侶に一生添《そ》い遂《と》げるのが普通《ふつう》だ。

伴侶が亡くなってしまった場合、極端《きよくたん》な例だが伴侶をずっと悼《いた》みながら暮らす者は多いし、求愛している最中に不慮《ふりよ》の事故や病気で亡くしてしまった者も、相手を思って独り身で過《す》ごすことが多い。王城付きの医者であるダルニエ医師も、そんな一人だ。

「生きているのに」

レンフォードの呟《つぶや》きに、ランフォードは淡々《たんたん》と答えた。

「生きていればいい」

「──」

「どこかで幸せに、生きているのなら良い」

そのランフォードの言葉に口を開いたレンフォードは、溜息と共に短く言葉を吐《は》いた。

「頑固者《がんこもの》」

ランフォードが肩を竦めて言う。

「先祖譲《ゆず》りだ」

「お前のは特別だよ」

匙《さじ》を投げるように言われて、肩を竦めた。

レンフォードが立ち上がって、ふと思いついたように言う。

「そう言えば、お前──夜は早く休むのか？」

「──は？」

不意の質問に、ランフォードは怪訝《けげん》な顔をした。

「今日は使用人たちを労《ねぎら》うための宴《うたげ》がある」

「ああ――」

ヴェルニルと違《ちが》い、ウェロンでは、使用人を労うことは当然とされている。

恋というのは、制限出来るものではない。誰《だれ》が誰の伴侶《はんりょ》になるのかも分からない中で、自然と出来上がった気質だ。身分違いで伴侶と一緒《いっしょ》になることを反対されることも無い。――現にレンフォードの溺愛《できあい》して止《や》まない妃《きさき》も、元々は城の使用人だった。

武に優《すぐ》れているウェロンでは、王族だろうと誰だろうと身の回りの世話は自分で出来るのが当たり前だ。使用人を置いているのは、人が大勢集まる広い空間があるから、大勢で仕事を分担してこなした方が効率的だから、という考えに近い。

しかし、住み込みの使用人すら置いていないランフォードには、そんな宴の話など無縁《むえん》のことだ。どうしていきなり、そんな話を始めたのか。訝《いぶか》って兄を見やれば、レンフォードが言う。

「今日は遅《おそ》くまで起きていると良い」

「――なぜ？」

「良いことがあるかも知れない」

「なに？」

「新月だ。我々《われわれ》は夜目は利《き》かないが、その代わりに鼻が利く」

「──なにを言っている？」

「楽しみにしていると良い」

「おい」

意味ありげな言葉の真意を問いただすより先に、兄は銀色の尻尾《しっぽ》を揺《ゆ》らしながら、さっさとランフォードの居城を後にしていた。

＊＊＊＊＊

遠くから、ざわめきが聞こえた。

そこから遠ざかるように、シェインは物音を立てないようにして、王が残していった紙片《しへん》を頼《たよ》りに夜の中を進む。

普段《ふだん》は人の気配に満ちている城は、シェインの居室の辺りを含めて、静寂《せいじゃく》に満ちていた。

使用人たちの労を、王自らがこんなに大っぴらに労うなんて、シェインの国では考えられない文化だ。ダンザの屋敷《やしき》のように、年に数回だけ貴族が訪《おとず》れるような屋敷ならば兎《と》も角、使用人たちだけの宴などは主人が眠《ねむ》った後に密《ひそ》やかに行われるもので、こんなに大っぴらには出来ない。本当に文化が違う、と思う。

石造りの簡素な建物が見えてきた。暗い中でも、物の輪郭《りんかく》が難なく見えるのは確かにありがたい。そうでなければ、こんな広大な城。とっくに迷ってしまっていた。

手を掛《か》けた扉《とびら》は難なく開いて、シェインは勢いのままに階段を駆《か》け上がる。足音が響《ひび》いた。ランフォードが私室にしている、という部屋の前に辿《たど》り着いて、そこでシェインは硬直《こうちょく》した。

――ランフォードと顔を合わせて、何を言えば良いのだろう。

衝動《しょうどう》に任せて、ただここまで来てしまった。ランフォードのことだから、シェインを無下に追い返したりしないだろう。

けれども、どうしてやって来たのかと訊《き》かれても、理由を答えられる気がしない。

世話になった礼？　それとも、ダンザにシェインを帰そうとしてくれることへの感謝？　迷《めい》惑《わく》ばかりをかけたことへの謝罪？

どれもしっくり来ない。

ぐるぐるとそんなことを考えながら立ち尽《つ》くしていたところで、不意に扉が開いた。真っ暗《くら》闇《やみ》に慣れていた目が眩《くら》む。


「――シェイン？」


呆然《ぼうぜん》とした声で名前を呼んだのは、間違いなくランフォードだった。

シェインは勢いよく顔を上げる。この声で呼ばれるのは、久しぶりのことだった。

じわ、と耳のあたりが熱くなるのを感じた。

「シェイン――どうした？　何か、あったのか？」

そう言いながら、ランフォードの掌《てのひら》が頬《ほお》に触《ふ》れる。その温かさを感じた途端《とたん》に、感情がどっと決壊《けっかい》する。

「シェイン？」

不敬だとか謝罪だとか。そういう色々なことは頭から一気に吹っ飛んでしまった。どうした、と訊《たず》ねる声に答えないまま、シェインはランフォードの体に飛びつくように抱《だ》きついた。

「――っ、シェイン？」

驚《おどろ》いたような声を出すランフォードの顔が、怖くて見られない。そのまま広い胸板《むないた》にしがみつくようにして、背中に腕《うで》を回した。

――望んでいた温かさは、これだ。

離《はな》れたくない、という思いが頭を過《よ》ぎる。

離れたくない。一緒にいたい。そう強く望んでしまう。

「――シェイン、どうした？」

微《かす》かに息を詰《つ》める気配がして、それからランフォードがシェインの背中に腕を回す。どうした、と訊ねられても上手《うま》く答えることが出来ない。ただ胸に顔を埋《うず》めながら、目を瞑《つぶ》っていると、ランフォードが優《やさ》しく後頭部を撫《な》でた。

「……シェイン？」

——今ほど、声が出ないことをもどかしく思ったことは無い。

顔を上げることが出来なかった。訊ねた言葉にすぐに声で返すことが出来れば、何も困ることは無いのに。

思いながら胸に顔を埋めていると、戸惑《とまど》ったような声が言った。

「シェイン、どうした？」

顔を上げるように、掌に促《うなが》される。それに従って恐《おそ》る恐る顔を上げると、新緑色の瞳《ひとみ》と目が合った。ランフォードが掌を差し出してくるのに、特に理由も思いつけないまま、シェインは正直に思ったことを指で伝える。

あいたくて。

「——私に？」

少し驚いたように聞き返される。

それに、頷《うなず》いて答えた。

「……なぜ？」

静かに問われて真っ先に浮《う》かんだのは、記憶《きおく》の底から迷わずにシェインを引き上げてくれたランフォードの声だった。

うれしかった。

たどたどしくシェインは指先で言葉を紡《つむ》ぐ。

おかあさんがおこるから。ぼく、こえ、いらないとおもって。

心因性だ、とダルニエ医師がシェインの喉《のど》を診断《しんだん》した時に告げた言葉に今なら簡単に納得《なっとく》が出来る。どうせ誰にも届かない声だから、言葉だから。発したところで、母親を傷つけて怒《おこ》らせるだけの声だから。だからいらないと思って、手放した。

おもいだしたら、くるしくなって。でも、たすけてくれて、うれしかった。

ランフォードが拙《つたな》いシェインの語りに目を細めて静かに問う。

「──君の母親は？」

どうしている、という問いにシェインは眉《まゆ》を下げて小さく首を振《ふ》って答えた。

わかりません。

「分からない？」

いなくなってしまったから。ちいさいころに。

まだ最後に放たれた言葉が、微かに頭の中に響いているようだ。そんなシェインを見て、ランフォードが眉を寄せた。

「──君を置いて？」

頷けばランフォードが絶句した。その様子に、シェインは慌《あわ》てて次の言葉を紡ぐ。

でも、すぐに、マクガレンさんにひろわれたから。だいじょうぶです。

ダンザのおやしきの、かんざいにんさん。

「……マクガレン？」

「ああ――」

ようやく納得のいったような声を出して、ランフォードが優しい声で言った。

「それが、君の『家族』なんだな」

伝わったことが嬉《うれ》しくて、シェインは何度も頷いた。

それから問われるまま『家族』の名前を挙げていく。

バーナード。アリス夫人。グレッソン。ルナルド。ジョイス。ハンナ。リリア。

簡単な綴《つづ》りしか知らないシェインの指での会話は、焦《じ》れったいぐらい遅《おそ》かっただろうに、ランフォードは一度も急《せ》かす事なく、それを聞いて耳を傾《かたむ》けてくれる。

言葉が確かに届いている。そして受け入れられている。

それが、とても、嬉しいと思う。

「――もうじき、家族のところに帰れる。良かったな」

シェインの様子に、優しく新緑色の瞳を細めながら言うランフォードに、シェインの胸は妙《みょう》な音を立てて軋《きし》んだ。

帰れる。

あの、優しい場所に。

仲間が、家族がいるところに。

それなのに——と、シェインは思う。

どうして、こんなにも苦しくなってしまうのだろう。

途方《とほう》に暮れてシェインは、ただランフォードの顔を見つめた。

ダンザに帰れるよう、ランフォードが手を尽くしてくれているのに。

ダンザに帰るということが、目の前の相手との別れを意味していることに気付いてから、胸の奥のところがきりきりと痛むようになった。

離れたくない、と思う。

温かい腕。

だから、だろうか。

それでも、なんだか——ランフォードは違《ちが》う。

ダンザの屋敷《やしき》にいる仲間たちは、シェインにとって家族だが、ランフォードはそれとは全く別の括《くく》りにいる。

「シェイン？」

問われる声の柔《やわ》らかさに、背筋が粟立《あわだ》った。

頬が紅潮する。

抱き締《し》められる温《ぬく》もりに安堵《あんど》する。

そこでシェインは、ようやく気付いた。

これは――他《ほか》の誰《だれ》に向けるものとも違う「好き」だ。

「……シェイン？」

訝《いぶか》しげに名前を呼ぶ声が柔らかい。それに、どくり、と胸の鼓動《こどう》が強く鳴った。

――これは、特別な好きだ。

自覚をした瞬間《しゅんかん》に、どうしようも無いほど、好きだという気持ちで胸がいっぱいになる。それに微かに息を呑《の》む音が聞こえて、シェインの顔からざっと血の気が引いた。

ランフォードには、分かって、しまうのだ。

シェインはとびきり分かりやすい、とそう言っていた。だから、この自覚したばかりの感情も、ランフォードに伝わっているだろう。

――いやだ。

恥《は》ずかしい。困らせたくない。嫌《きら》われたくない。どうしよう。

距離《きょり》を取ろうとランフォードから離れようとするシェインの体を、ランフォードが捕《つか》まえた。

「――シェイン？」

掠《かす》れた声で呼びかけられる。新緑色の瞳が驚いたように見開かれるのに、羞恥《しゅうち》が増した。この感情も、今まさに伝わっているのだろう。

そう考えると恥ずかしくて堪《たま》らない。

まるで断頭台の上に立たされた気分だ。ぎゅっと固く目を閉じながら、ランフォードからの言葉を待っていると、どこか焦《あせ》った上擦《うわず》った声が落ちてくる。

「シェイン、君は――」

それから相手は何かを思い直したように、言葉を止める。

「いや――違うな。私から言うべきことか」

――？

てっきりシェインが抱《いだ》いてしまった感情について問いただされて、優《やさ》しく拒絶《きょぜつ》されて終わるだろうと思ったのに。

薄《うす》く目を開くと、そこには困り顔のランフォードがいて、シェインの頬《ほお》にそっと手を当てた。

「シェイン」

呼ばれて視線が合う。

ランフォードが言った。

「私は、君が好きだ」

言葉の意味が飲み込めずに、シェインは瞬《まばた》きをした。菫色《すみれいろ》の瞳《ひとみ》が不思議そうな色を帯びるのに、ランフォードは真摯《しんし》な口調で告げる。

「君に伴侶《はんりょ》になって貰《もら》いたい」

——はんりょ？

頭が付いていかない。

呆然《ぼうぜん》とするシェインの手を取って、その指先に口づけしながらランフォードが言った。

「君は？」

——？

「私をどう思う？」

シェインは顔をくしゃりと歪《ゆが》めた。

震《ふる》える指先で文字を綴る。

すき。

途端《とたん》に思い切り、抱《だ》き締められる。耳朶《みみたぶ》に唇《くちびる》が押し当てられる。

「シェイン、約束を破ってもいいか」

——約束？

「君を家族のところに帰せない」

シェインの頭に浮《う》かんだのは、ダンザにある屋敷と、そこにいる使用人仲間の顔だった。けれども、それはすぐにかき消される。

「私の側《そば》に一生いてくれ」

囁《ささや》く声と共に、抱き締められる腕《うで》の力が強くなる。シェインは震える指先で、ランフォードの服を握《にぎ》りながら頷《うなず》いた。

新緑色の瞳が煌《きら》めく。

途端に唇を奪《うば》われていた。

＊＊＊＊

先ほどは声が出れば良いと思ったのに、今は声が出なくて良かったと思う。寝台《しんだい》が大きく音を立てて軋んだ。

「――っ、――」

声の無い嬌声《きょうせい》がシェインの喉《のど》から上がって空気を震わせる。堪《こら》えきれない唾液《だえき》が、伝って落ちて敷布《しきふ》を汚《よご》していた。一枚残らず綺麗《きれい》に脱《ぬ》がされた服が、視界の端《はし》で床《ゆか》の上に散らばっている。厚みのあるごつごつとした掌《てのひら》が、丁寧《ていねい》にシェインの体の線をたどる。それを濡《ぬ》れた音を立てながら舌先と唇が追いかけていく。

時折、肌《はだ》をきつく吸い上げられてシェインは体を震わせた。

好き。恥ずかしい。

好き。気持ちいい。

好き。幸せ。

好き――。

色々な気持ちがない交ぜになる。それら全《すべ》てが直接に相手に伝わっているのだと思うと、どうしようもない羞恥に襲《おそ》われる。

「シェイン――」

そんなシェインの気持ちを見透《みす》かしたように、ランフォードが伸《の》び上がるようにして、シェインの唇を塞《ふさ》いだ。喉の奥まで舐《な》め尽《つ》くすように、舌が口内を荒《あ》らし回る。震えながら舌先に応《こた》えるシェインの様子に、新緑色の瞳が細められる。

いつもの穏《おだ》やかな瞳ではなく、どこかぎらついて野性じみた瞳に、背筋がぞくりとしてシェインはまるで本物の猫《ねこ》のように喉を鳴らした。

好き。

そんな気持ちを重ねるようにして、相手の背中に手を回して縋《すが》る。シェインと違ってがっしりとした厚みのある体も、汗《あせ》ばんで熱くなっている。

唇を重ねる合間に、ランフォードの掌がシェインの顔の輪郭《りんかく》をなぞり、耳の付け根をくすぐった。

ひくり、と体が跳《は》ねる。

とろとろに溶《と》けてしまいそうなぐらい気持ちが良い。

好き。

言葉に出来ない分まで伝えるように、腕を回して何度も相手の顔に口づける。

されるがままになっていたランフォードが、それに返すようにして、シェインの顔のあちこちに唇を落としていく。

ランフォードの手が、するりと伸びてシェインの下肢《かし》に触《ふ》れた。

「――っ」

途端に、そこを意識してシェインの体が強《こわ》ばった。

男同士のやり方も、聞いて知ってはいる。初めて下着を汚して起きた朝、悪い病気を疑って泣きながらバーナードに相談した時に、しっかり者の執事《しつじ》長が口頭ながらきちんとした知識を授《さず》けてくれた。

問題なのは、どういう風にするのかを知っているだけで、どうすれば良いのかの見当が付かないことだ。

声の出せないシェインに、そういう相手など出来ないと思いこんでいた。だから、それらの知識を積極的に得ようとしたことも無い。

混乱して体を強ばらせるシェインの変化に、ランフォードが静かな声で聞いた。

「――どうした？」

訊《たず》ねる声は落ち着いていて、シェインは片手をさまよわせる。当然のように差し出された掌に、シェインは矢継《やつ》ぎ早に文字を綴《つづ》る。

はじめて。

わからない。

どうしたら。

やりかた。

うまくできない。

そんなシェインの必死な様子に、ランフォードがふと真顔になって言った。

「君がもしも初めてではなくて、やり方を熟知していて、上手《うま》く出来るようだったら、私は君に指南した相手を殺している」

——え？

物騒《ぶっそう》な一言に瞬きをすれば、ランフォードが雰囲気《ふんいき》を和《やわ》らげた。焦って文字を綴っていたシェインの指先が握り込まれる。

「拒《こば》まないで受け入れてくれ」

それだけで十分だ、と言われた言葉にシェインはホッと体から力を抜《ぬ》いた。安堵《あんど》がすぐに伝わったらしく、ランフォードがシェインの体のあちこちに唇を落とす。それに色づいた吐息《といき》を落とすと、ランフォードの手が再び下肢を探《さぐ》った。

下生えを探って、既《すで》に勃《た》ち上がって濡れた陰茎《いんけい》をなぞられる。それから、そこをたどるようにして後孔《こうこう》をなぞり、尻尾《しっぽ》の生えたあたりまでをなぞられる。

「――」

気持ちの良さに、思わず溜息《ためいき》が出た。

うっとりと菫色の瞳を細めるシェインに、ランフォードが口づけながら、尻尾の付け根を優《やさ》しく握り込んだ。

びり、とした快感が体を走り抜ける。そのまま毛並みを撫《な》でるようにして、握り込んで扱《しご》かれて、体中がぴくぴくと痙攣《けいれん》したように動く。

とん、と尻尾の付け根あたりを叩《たた》かれるのに、快感が体中に響《ひび》いた。下肢からあっという間に力が抜ける。体中に朱《しゅ》が走って、火照《ほて》りが止まらない。音の無い喘《あえ》ぎ声を上げながら、シェインは体を捩《よじ》った。

後孔に指があてがわれると、くち、と濡れた音がする。よく知る掌の太い指が、シェインの中に入ってくるのに、体が焼けるような快感を覚えて、シェインは体を仰《の》け反らせた。

――きもちがいい。

後孔が広がって、だんだんと指の本数が増えていく。

「シェイン」

体を強ばらせると、その度《たび》に宥《なだ》めるように唇《くちびる》が何度も落ちてくる。それに安心して力を抜けば、ランフォードの指がぐっと中に入り込んで、ある一点を掠《かす》めた。

「――っ！」

目を見開いて、シェインが体を跳ねさせる。

菫色《すみれいろ》の瞳《ひとみ》から、ぼろりと涙《なみだ》がこぼれた。

ランフォードが目を細める。精悍《せいかん》な顔の中に、見たことの無い色気が浮かんで、シェインは思わずその表情に見惚《みと》れた。

「シェイン――」

名前を呼ぶのと、同時に口づけられる。

そのまま中の一点を太い指先が押し潰《つぶ》すようにするのに、シェインは艶《つや》めいた息を吐《は》いた。

ランフォードの体に必死になってしがみつく。

ぐ、と折り曲げた指先で中の一点を強く押されるのに、目の前が白くなる。それと同時に達してしまいそうになって、シェインは慌《あわ》ててランフォードに縋っていた腕を外して、自身のそこを握った。

シェインのその行動に、ランフォードが不思議そうな声を出した。

「どうした？」

問いかけに、シェインは無言で首を横に振《ふ》る。

「シェイン？」

確かめるように名前を呼ばれて、掌《てのひら》を差し出される。自分でも分かるぐらいに先走りで濡《ぬ》れたそこを片手で縛《いまし》めるように押さえながら、シェインは片手をあげてそこに小さく文字を綴る。

でちゃう。

「出したらいい」

そんなにきつく握《にぎ》ったら痛いだろう、という言葉と共にランフォードの手がシェインの掌を外しにかかる。

それに真っ赤な顔でシェインが首を振った。それにランフォードが訝《いぶか》しげに問う。

「なぜ？」

ぼくだけ、だめ。

初めてなのに後孔で達してしまいそうなほど感じている自分が、はしたないような気がして恥《は》ずかしい。膝《ひざ》をすり合わせるようにしながら、シェインがそんな風に訴《うった》えると、ランフォードが考えるような顔をして言う。

「――なら、私がしよう」

え？

意味を把握《はあく》するよりも先に、ランフォードの体がするりとシェインの下半身の方へと移る。

頑《かたく》なに握り締《し》めた手を解かせると、ランフォードがそのままシェインの――先走りで濡れて汚《よご》れたそこを躊躇《ちゅうちょ》なく口に含《ふく》んだ。

ひっ、と喉《のど》の奥で悲鳴が上がる。

やめて、という言葉は声にならない。シェインの下腹に顔を埋《うず》めたランフォードの舌先は容赦《ようしゃ》が無い。その上、後孔に埋め込んだ指も動きを止めないのだから、シェインはどうしようも無い。

足を痙攣させるように跳ねさせながら、シェインは浅く呼吸を繰《く》り返す。

ランフォードの頭を引き剥《は》がそうとしたところで、立派な銀色の毛並みの耳が目に入って手が止まる。耳は獣人《じゅうじん》にとって繊細《せんさい》な器官だ。無遠慮《ぶえんりょ》に触れれば痛みが走ることもある。引き剥がそうと思えば、ランフォードの耳に触れないことは不可能で、シェインは途方《とほう》に暮れた。

腰《こし》が抜けるような暴力的な快感に、頭がチカチカとする。

やめてくれ、と訴えるように、先ほどランフォードが触れた手つきを真似《まね》て立派な耳の付け根を優しく擦《こす》ってみる。それにランフォードが視線を上げた。

どことなく咎《とが》めるような瞳をして、そのまま吸いつく力が強まる。

「――――ッ」

遂《つい》にシェインのそこから白濁《はくだく》が迸《ほとばし》った。脱力感《だつりょくかん》と多幸感に満たされながらぼんやりしていると、生温かい口内からシェインの性器が解放される。白濁がランフォードの口から糸を引いている。それにぞくりとするのと同時に、どうしようも無い罪悪感に襲《おそ》われて、シェインは思わずランフォードに手を伸《の》ばした。

ランフォードが不思議そうな顔で身を寄せるのに、シェインは汚してしまった申し訳無さに、ランフォードの口元を汚す白濁を舐《な》め取った。驚《おどろ》いたようにランフォードが目を見開く。自分で吐き出したものだからこそ、とも言えるが、青臭《あおくさ》いそれはどう考えても美味《おい》しいものではない。妙《みょう》な味だ。それをなんとか舐め取りたくて、唇を合わせてランフォードの口の中に懸命《けんめい》に舌を潜《もぐ》り込ませる。

ランフォードが何かを堪《こら》えるような顔をして、そのまま口づけを深くした。口内の主導権が奪《うば》われる。相手のそこを綺麗《きれい》にするために絡《から》めていたはずの舌が、攫《さら》われて強く吸われて快感に変わる。

荒《あら》い息の中で身を震《ふる》わせると、掠れた——余裕《よゆう》の無い声でランフォードが言う。

「シェイン——」

良いだろうか、と問いかけられる。返事の代わりにシェインは腰を持ち上げて、おずおずと足を開くとランフォードがごくりと喉を上下させた。

そのままシェインの足を抱《かか》えるように持ち上げて、ランフォードが身を乗り出した。ぐ、とあてがわれたランフォードのそこが思ったよりも熱くて硬《かた》いことにシェインはびくりと身を震わせた。

丹念《たんねん》に解《ほぐ》して広げられたお陰《かげ》で、思ったような苦しさも痛みも無かった。先ほど見つけられたばかりの性感を刺激《しげき》されて、そのまま指では届かなかった奥の奥まで広げられて入り込まれる。

「──っ、──」

熱い。

自分以外の脈動が体の中にある。それにうっとりとしながら溜息を吐《は》いた。無意識の内に両足がランフォードの腰に回り、そのまま甘えるように尻尾が相手の腿《もも》に絡みついた。

拓《ひら》かれたことの無い奥まで、みっしりと相手の熱で埋《う》められているのを感じて、シェインの口から色づいた息がこぼれた。奥の奥まで届いた熱に、シェインは溜息を吐きながら自分の下腹をなぞった。

「……シェイン、っ」

堪えるように息を吐いてランフォードが名前を呼んで、何度も口づけを落とされる。蕩《とろ》けるような心地《ここち》よさに、シェインの菫色の瞳から雫《しずく》がこぼれて落ちる。体の中にある熱に圧迫感《あっぱくかん》を覚えるのに、それに体が悦《よろこ》んでいる。シェインの中に熱を収めたまま、一向に動き出さないランフォードに、シェインは不思議に思って瞬《まばた》きをした。どうしたのか、訊《たず》ねようとするよりも先に、後孔の入り口の近くを圧迫される感覚に、シェインは体を跳《は》ねさせた。

ちょうど触《さわ》られるだけで達してしまいそうなほどに敏感《びんかん》な内側を圧迫するように、中に硬い──膨《ふく》らみのようなものが出来ていく。

シェインは混乱した。拙《つたな》い知識の中に、こんなものは入っていない。性交とは、挿入《そうにゅう》して揺《ゆ》さぶって出して終わるものでは無いのか。

シェインの混乱を感じ取ったように、ランフォードが掌を差し出した。それにシェインは震える指で疑問を紡《つむ》ぐ。

なか、なに？

問われて、ランフォードが不思議そうに瞬きをした。それから思い当たったように、些《いささ》か気まずい口調で言った。

「先に説明しておけば良かった。猫《ねこ》獣人と狼《おおかみ》獣人では射精の仕方が違《ちが》う」

──？

「すぐに終わらない。長いんだ」

ながい？

「だから、その間に抜《ぬ》けてしまわないように根本に瘤《こぶ》が出来る──これが、それだな」

言いながらランフォードの指が、シェインの尻尾《しっぽ》の付け根を優《やさ》しく叩《たた》く。

途端《とたん》に体に快感が響《ひび》いて、シェインは体を震わせた。そんな些細《ささい》な刺激だけで、シェインの性器は軽く達してしまった。

内側から性感を圧迫される感覚に、声の無い喘《あえ》ぎを洩《も》らしながら、シェインは身を捩《よじ》る。

頭の中が白くなるような快感がずっと続いている。

漏《も》らしたように濡れてしまって、恥ずかしさに頭が沸騰《ふっとう》しそうだ。

どれ、ぐらい？

こんな気持ち良さが永遠に続いたら、頭がおかしくなってしまう。そんな思いで指先で訊ねるシェインに、更《さら》に気まずそうな顔をしたランフォードが言った。

「――短くて四半刻」

し、はんとき――？

そんなに続いたらどうにかなってしまう、と思うよりも先に、どくりと中でランフォードの性器が強く脈打ったのに、シェインは体を震わせた。胎《はら》の中を温かいものが満たしていく感覚に、意思と関係なく体が跳ねる。もう、ほとんど色の無い液体がシェインの性器から迸った。

時々、奥をこじ開けるように突《つ》かれるのにシェインは吐息《といき》だけの嬌声《きょうせい》を上げて震える。ランフォードはどこまでも丹念にシェインの体を愛撫《あいぶ》した。耳の裏から、鎖骨《さこつ》の窪《くぼ》み――更には脇《わき》の下まで。それから、胸の尖《とが》りも。そんなところ、と恥ずかしがってシェインが身を捩っても舌と指で丁寧《ていねい》に愛撫されて、シェインは涙《なみだ》をこぼしながら震えた。

はっ、と荒く息をこぼしながら、何度もシェインは絶頂で意識を飛ばしそうになった。その度《たび》に、ランフォードが名前を呼んで引き留めてくる。

その声に懸命に応《こた》えている間に、四半刻よりも長くかかったランフォードの射精が終わった。

「――っ」

奥歯を噛《か》み締《し》めるようにして、強く何度か奥を突かれるのに、シェインの色づいた溜息《ためいき》がこぼれた。

ずるり、と中を埋めていた熱が引き出される。とろり、と溢《あふ》れ出す白濁の感触《かんしょく》にシェインの体が震えた。

今まであったものが無くなってしまう。そんな寂寥感《せきりょうかん》に襲われて、シェインは知らずに下肢《かし》に力を込めていた。胸の中を締めるのは「離《はな》れるのは嫌《いや》だ」という子どもじみた思いだけだ。

恥《は》ずかしさに身を縮めようとするシェインの耳に、ランフォードの声が響いた。

「――シェイン？」

困らせている。

だから、早く離れないと。

思いに反して、体が思う通りに動いてくれない。

焦《あせ》るシェインに、ランフォードが言った。

「シェイン。引き留めて貰《もら》えるのは嬉《うれ》しいんだが――一度、掻《か》き出さないと続きが出来ない」

シェインは瞬きをして、ランフォードに視線を向ける。

新緑色の瞳《ひとみ》は、まだ熱く滾《たぎ》っていた。

つづき――。

「付き合ってくれるだろう、シェイン」

囁《ささや》く声に蕩けた顔をして、シェインは頷《うなず》いた。

本城で生活をしていたヴェルニル王国の末王子が、居室から姿を消したのに、しばらく使用人たちは騒然《そうぜん》となった。しかし、それも王付きの秘書がやって来て、末王子は王弟《おうてい》の居城に戻《もど》ったと知らされるとすぐに収まった。

王弟殿下《でんか》――騎士《きし》ランフォードが猫獣人《じゅうじん》の末王子に求愛していることを城内で知らない者はいない。

最初は悪名高い隣国《りんごく》の末王子と騎士ランフォードの婚姻《こんいん》をよく思っていなかった者たちも、目の前に現れたのが狼獣人よりもずっと華奢《きゃしゃ》で幼げで――声の出ない黒髪《くろかみ》の猫獣人であることに毒気を抜かれた。

噂《うわさ》に聞くような我が儘《まま》も、高慢《こうまん》さもない。どんな使用人たちに対しても丁寧に接し頭を下げて、「ひとりにしてください」と白墨《はくぼく》で書いて頼《たの》んで、ひっそりと部屋に引きこもっている。

百聞は一見に如《し》かず。

どうやら流れていた噂の方が間違いだったのではないか、というのが使用人たちの見解になった。旅程の時の我が儘も、祖国を一人で離れることへの心細さから来るものだとしたら納得《なっとく》がいく。病になったというのに、それを打ち明けることも出来ずに、大人しく嫁《とつ》いできた末王子の健気《けなげ》さにむしろ同情の声が上がるようになった。

——何より王弟殿下の匂《にお》いづけが強烈《きょうれつ》だった。

求愛相手には匂いづけをするのが狼獣人の習性だが、王弟殿下の匂いづけはあまりにも派手で暴力的だった。他者への威嚇《いかく》を込めて行われるものだから当然なのだが、年若い使用人たちなど完全に後込《しりご》みしてしまうほどだった。

噂を信じた一部の若手が暴走して、末王子に無体を働いたことも城の者たちの中では公然の秘密となっている。もちろん、それを外に洩らすような者はいないが。

泣き腫《は》らした瞳で、意識を失った末王子を、王弟殿下が自ら抱《だ》きあげて運び込んできた時の使用人たちの衝撃《しょうげき》は未《いま》だに強い。無駄口《むだぐち》を叩かない王弟殿下が、「世話を頼む」と頭を下げて、そのまま居城に引き揚《あ》げていったのだから本気の程《ほど》が知れる。

自主謹慎《きんしん》という形で居城に引きこもる王弟殿下と引き離された末王子は、だんだんと食が細くなり眠《ねむ》れない日が続いている様子だった。

——傍《はた》から見れば、それは明らかに恋煩《こいわずら》いだった。そしてその想《おも》いが誰《だれ》に向かっているのかも、一目瞭然《いちもくりょうぜん》だった。

王弟殿下と隣国の末王子の恋路。

それに使用人たちはやきもきしていたが——末王子が王弟殿下の居城に帰ったと聞かされて、誰もがほっとした。

しばらくは二人きりで過ごさせてやろうというのは、城の者たちの共通の見解だった。

伴侶《はんりょ》を得た時の狼獣人の交合は長い。普通《ふつう》の狼獣人でも丸一日は閨《ねや》から出てこないが、王族は祖先の血を色濃《いろこ》く継《つ》いでいるせいか、初めての交合の時間がとにかく長い。現王は三日も閨から出て来なかったし、妃《きさき》はその時に第一子を授《さず》かったのは有名な話だ。

なので、最低限の食事の差し入れだけをしていたのだが——それが四日を過ぎた頃《ころ》からチラホラと心配の声が上がるようになり、五日目には更にその声が大きくなった。

主に心配されたのは、猫獣人の末王子の体調の方である。

狼獣人は骨格も筋肉も、がっしりと頑丈《がんじょう》に出来ている。なので、よほどの無理強《むりじ》いをしない限り抱き潰《つぶ》されることなど無い。そして伴侶に無理を強《し》いるような狼獣人はいない。

だが、猫獣人の末王子はいかにも華奢で、狼獣人からすると儚《はかな》げで頼《たよ》りないのだ。加えて病《や》み上がりで、声すら出ない。そんな状態の王子が果たして連日ぶっ通しで王弟殿下に求められて大丈夫《だいじょうぶ》なものだろうか、というのが心配の元である。

しかし、王弟殿下の居城に足を踏《ふ》み入れるのはともかく、二人きりの居室に足を踏み入れるのは、とても出来ることではなかった。

交合している最中、抱いている伴侶へ匂いをつけるために、狼獣人は他者への威嚇がより激しくなる。何度か扉《とびら》の外へ食事を届けに行った使用人は、全員が蒼白《そうはく》になって帰ってきた。

騎士ランフォードの威嚇である。

耐《た》えられる者など、武で知られるウェロンの中でも殆《ほとん》どいない。

怖《こわ》いもの知らずで知られる王城付きの医者のダルニエ医師でさえ、首を振《ふ》る始末だ。

「あの匂いの中に足を踏み入れられるのは、よっぽど死にたい奴《やつ》か、恐怖《きょうふ》を知らない馬鹿《ばか》だけだ。儂《わし》はまだ看《み》てやらないといけない患者《かんじゃ》がいるから死ぬわけにはいかん。――殿下の気が済むまで放《ほう》っておけ。殿下も伴侶に無体はすまい」

そんな希望的観測の下《もと》、やきもきしながら王弟の居城を使用人たちが見守る日々が続いた。

やっと王弟殿下が腕《うで》に伴侶となった猫《ねこ》獣人を抱《かか》えて出てきたのは、二人が居城に籠《こ》もりきりになってから七日目のことである。

どよめきが起こったのに理由は色々ある。

一つ目に、ランフォードが素顔《すがお》を晒《さら》していたこと。

二つ目に、羞恥《しゅうち》で顔を赤くした猫獣人が、その腕に横抱きにされていたこと。

三つ目は、寡黙《かもく》で知られる騎士の尻尾《しっぽ》が、ぶんぶんと喜びを示して揺《ゆ》れていたことである。

何か用事は無いかと駆《か》けつけた使用人に、ランフォードは端的《たんてき》に言った。

「洗い物を頼む。部屋には入らないでくれ」

それだけ言い残して、本城へと大股《おおまた》に歩き去っていく。

恐《おそ》る恐るランフォードの居城に足を踏み入れた使用人たちが見つけたのは、居室の扉の脇に無造作に積み上げられた――情交の痕《あと》を色濃く残す敷布《しきふ》とタオルの山だった。

自力で歩くことも出来ないらしい猫獣人の末王子に、王城で働く使用人たちから一心の同情が集まるのは間もなくのことである。

＊＊＊＊

「伴侶が出来た」

堂々とランフォードが言葉を発する。

「──匂いで分かる。おめでとう」

しばらくの沈黙《ちんもく》の後に言ったのは、ランフォードの兄にしてウェロンの王であるレンフォードだった。どうやら執務室《しつむ》らしく、机の上には山積みになった書類が置かれており、秘書らしい狼《おおかみ》獣人が何人か付き従って仕事を手伝っている最中だった。

王からの祝福の言葉に、秘書たちが疎《まば》らに拍手《はくしゅ》をする。

それにシェインは首筋まで真っ赤にしながら、「伴侶」の袖《そで》を引いた。シェインを抱き上げたままのランフォードは、それに首を傾《かし》げて言う。

「どうした？」

シェインを抱え上げているから、掌《てのひら》を差し出すこともままならない。なので、シェインは相手の肩口《かたぐち》に指先を這《は》わせた。

おろして。

通じるか疑問に思ったが、きちんと意図は伝わった。相手は怪訝《けげん》な顔をして首を傾げる。

「立てないだろう？　動くこともままならないのに、無理をするんじゃない。それに私の責任だから、私が君を運ぶのは当然だ」

心の底から心配そうに言われて居たたまれない。確かに、体中がぎしぎしと痛んで軋《きし》む。おまけに下肢《かし》には全く力が入らない。けれども――。

シェインは菫色《すみれいろ》の瞳《ひとみ》をうろつかせながら訴《うった》える。

しつれい。

その言葉にランフォードがようやく思い当たったような声を出す。

「兄を気にしているのか？　私と伴侶になった時点で君は王族の一員だ。つまり、君はもう身内になる。だから畏《かしこ》まる必要は無い。無理をして立たなくていい」

そうは言われても、シェインが落ち着かない。

可哀想《かわいそう》なぐらいに顔を赤くして恥《は》じらっている弟の伴侶に、同情の顔をした王が秘書たちに小声で指示を出す。ぞろぞろと秘書たちが部屋を辞して行き、扉が閉まったのを確認《かくにん》したところで、レンフォードは溜息《ためいき》と共に言う。

「――ランス？」

「なんだ」

「お前――いつもの顔の覆《おお》いはどうした」

「シェインの匂いを嗅《か》ぐのに不便だ」

あっさりと言ってのけるランフォードへの恥ずかしさが募《つの》って、シェインは羞恥で身を縮める。呆気《あっけ》に取られた顔で沈黙をした王は、それから言葉を続ける。

「お前が、そんなに誰か一人のために長い言葉を発しているところを——初めて見た気がするよ。私は」

「そうか？」

「そうだよ。お前は、いつも必要なことしか言おうとしなかったから——やはり伴侶は特別なんだな」

どこかしみじみとした口調で言いつつ、王が今度は咎《とが》めるように言った。

「それにしても、お前——伴侶に匂いを付けるため、とは言え六日も閉じこもるのは長すぎだろう」

「そうだろうか」

「そうだぞ。いくら王族は祖先の血が濃《こ》いからといって——私だってせいぜい三日だぞ？　父上も確かそれぐらいの筈《はず》だ。大体お前の伴侶は狼獣人《じゅうじん》じゃなくて、猫獣人なんだぞ。まずは医者に診《み》せなくて良いのか？　体調に問題は無いのか？　必要ならダルニエ医師をすぐに呼ぶが？」

矢継《やつ》ぎ早の王の言葉に、軽く眉《まゆ》を寄せてランフォードはシェインの顔をのぞき込む。

「シェイン？」

大丈夫か、と問う声にシェインは何度も頷《うなず》いた。

体中が痛いのは確かだが、医者の治療《ちりょう》が必要なものではない。

そんな様子を見ながら、レンフォードは弟に向けて警告するような口振《くちぶ》りで言った。

「単純に体格と体力の問題だ。今は支障が無くても、後々に何かあったらいけないから診て貰《もら》いなさい。——猫獣人が私たちとは体の造りが違《ちが》うことは、お前が一番分かっているだろう。城の使用人たちが、こぞって心配していたぞ」

それにランフォードが殊勝《しゅしょう》な顔で頷いた。

——六日も経《た》っていたのか。

王からの言葉に、シェインは少し気が遠くなる。

この数日、シェインがしていたことと言えば、求められるのにひたすら応《こた》えることだけで、それ以外の意識はおろか時間の感覚すら曖昧《あいまい》だ。

ただ、とろとろに甘やかされて、過剰《かじょう》な快楽の中で甘えていた。

食事やその他《ほか》の日常生活も、全《すべ》てランフォードに世話を焼かれていたし、されるがままに身を捩《よじ》って過ぎる快感に声の無い鳴き声を上げていた。滾《たぎ》ったように熱かったランフォードの新緑色の瞳が、落ち着きを取り戻《もど》したのは今朝のことだった。

兄に報告に行こう、と言われたのに頷いたところで、シェインはようやく自分の手足に全く力が入らないことに気が付いた。気のせいか腰《こし》のあたりの感覚が鈍《にぶ》くて、疼痛《とうつう》がする。自分の体に戸惑《とまど》っているシェインの様子に、ランフォードは取り立てて何も言うことなく、甲斐甲斐《かいがい》しく服を着せて抱《だ》き上げて運んでくれた。まるで幼児の扱《あつか》いである。城の使用人たちも、そんなシェインの姿は目撃《もくげき》していただろう。

恥ずかしい。

何より、ランフォードとそういう関係になったことが筒抜《つつぬ》けなのが恥ずかしい。

羞恥も手伝って、尻尾が甘えるように丸まってランフォードの腕に巻き付いている。なんとかしたいのだが、尻尾の動きはなかなか理性では制御《せいぎょ》出来ない。無理矢理《むりやり》引きはがそうにも、ランフォードの言う通り動くことも出来ないシェインの体ではそれは難しかった。

そんな二人の様子を眺《なが》めていたレンフォードが執務机から立ち上がって、広い部屋の反対に置かれた長椅子《ながいす》と低い机の方を示す。

「今、宰相《さいしょう》を呼びに行かせた。ちょうど、お前たちと相談しないといけないことがあったから、いい時に来てくれた」

——相談？

ランフォードは分かるが、シェインと一体なにを相談しようと言うのだろうか。不思議に思って首を傾げるシェインに視線を落としながら、ランフォードが言う。

「その話は、私一人で聞くのでは駄目《だめ》か。休ませてやりたい」

弟からの訴えに、レンフォードが呆《あき》れた顔をした。

「ようやく手に入れたばかりの伴侶《はんりょ》を一人にしておけるのか、お前が？　別の誰《だれ》かの手に預けられるのか？」

ランフォードが沈黙する。

それが雄弁《ゆうべん》な答えになっていて、王はあからさまに溜息を吐《は》いた。

「私からの話はすぐに終わる。お前たちがどうするのか、その結論だけを伝えてくれればそれで済む」

黒い毛並みの狼獣人が入室して来た。どうやら、それが先ほど王の言っていた宰相らしい。

ランフォードの腕《うで》に抱かれたシェインを見ると、なんとも生ぬるい笑《え》みを浮《う》かべて、宰相は王の傍《かたわ》らへと控《ひか》えた。

長椅子に移動しても、ランフォードはシェインを腕から放さなかった。

そんなランフォードの様子に、おろおろしているのはシェイン一人だけだった。レンフォードは微妙《びみょう》な笑みを浮かべて言った。

「まぁ、伴侶のことになると少しおかしくなるのが狼獣人の習性だからなぁ。私も、伴侶に関しては他人《ひと》のことは言えないからな」

どういうことかと首を傾げるシェインに対して、ランフォードが補足するように言った。

「兄のところは、もうすぐ十一人目が産まれる。もちろん、全員兄と伴侶である妃《きさき》の子どもだ」

シェインは呆気に取られた。

ヴェルニルの王も、それなりに子沢山《こだくさん》だ。しかし、本妻である王妃《おうひ》との間に設けた子どものの他に側室との間に設けた子どももいたはずだ。

――それでも十一には足りなかったように思うのだが。

シェインの表情に、先ほどまでの険しかった表情を一転させて、レンフォードがでれっと締《し》まりのない顔で笑う。

「いやぁ、年々愛《いと》おしさが募ってね。これればかりは仕方がない。我々《われわれ》の本能だからね」

本能で済ませて大丈夫《だいじょうぶ》なのだろうか、とシェインは首を傾《かし》げた。出産は純粋《じゅんすい》に負担がかかるので、正直、王妃の体が心配になる。

ランフォードがシェインの背中を安心させるように撫《な》でた。

「兄の妃はとびきり体が頑丈《がんじょう》だから、心配いらない」

それに幾分《いくぶん》、ほっとした顔をするシェインに、すっかり相好を崩《くず》したレンフォードが言う。

「良かったらぜひ会ってあげてくれ。私の妃も、君には興味津々《きょうみしんしん》でね。ああ、今は出産前の時期だから――子どもが産まれたらぜひランスと一緒《いっしょ》に」

そのままどこまでも続きそうな妃に関する話を打ち切らせたのは、背後に控えた宰相の咳払《せきばら》いだった。

「陛下」

「ああ、そうだった――本題だ。本題」

打って変わって真面目《まじめ》な、どこか憂鬱《ゆううつ》そうな顔をして、王であるレンフォードが言う。

「シェイン」

呼びかけられてシェインは菫色《すみれいろ》の視線を王に向けた。ランフォードと似ている、と思う印象は変わらないが、それでも全くの別人だということがすぐに分かるどちらかと言えば穏和《おんわ》な顔つき。

それに浮かない笑みを浮かべた王は、思いも寄らない提案を口にした。

「『正式』にヴェルニルの末王子としてウェロンに嫁《とつ》いで来て貰いたいのだが」

どうだろう、という王の言葉の真意が分からず、シェインはランフォードの膝《ひざ》の上で瞬《まばた》きをした。

＊＊＊＊＊

ランフォードの肉厚の舌が、シェインの口の中に入り込んできて、口内をくすぐる。鼻から抜《ぬ》ける息と共に、角度を変えてどんどん深くなる口づけに応えていると、だんだんと体の力が抜けていく。

ランフォードの居城の寝室《しんしつ》だ。

今朝まで散々と睦《むつ》みあっていた寝台の上で、シェインはランフォードと向かい合っていた。出て行く時は部屋の前に乱雑に置かれた汚《よご》した敷布《しきふ》とタオルの山が綺麗《きれい》に片付けられて、代わりに籐《とう》の籠《かご》に綺麗に畳《たた》まれた敷布とタオルが詰《つ》められているのを見て、シェインは思わず悶《もん》絶《ぜつ》したくなった。しかし、やはり清潔な敷布は心地《ここち》よい。

ようやくランフォードが唇《くちびる》を離《はな》したところで、シェインはそのまま相手の胸に体を凭《もた》れかけさせた。あやすようにその耳の辺りを撫でながらランフォードが淡々《たんたん》とした声で言う。

「――シェイン。そんなに悩《なや》まなくていい」

考えていることが筒抜けなのだろう。ぎくり、と体を強《こわ》ばらせるシェインに向かってランフォードが淡々と言った。

「君が嫌《いや》なら断るだけだ」

あっさりと言ってのけるランフォードの好意に甘えてしまいそうになる自分を、首を横に振《ふ》ってシェインは押し止《とど》めた。そんなシェインの様子に、ランフォードが新緑色の瞳《ひとみ》を細める。

「――シェイン」

それにランフォードが困ったような息を吐いて、こめかみに唇を落としてくる。そのまま胸の中に抱かれながら、シェインは王からの提案について思いを巡《めぐ》らせていた。

「――どういう意味だ?」

鋭《するど》い声と共に質問を発したのはランフォードだった。それに宰相がたじろいだように一歩、足を引く。弟の厳しい視線に動じることなく、王は飄々《ひょうひょう》とした口調で言った。

「言葉通りの意味だよ」

「ヴェルニルの末王子は、公爵《こうしゃく》家の五男と駆《か》け落ちをしたんだろう。――身代わりを立てて」

ランフォードの言葉の後半には、ぞっとするほど殺気がこもっていた。思わずシェインが見上げれば、険しい顔をしたランフォードの瞳に怒《いか》りがちらついている。

シェインの心配が伝わったのか、すぐに視線が下りてきて、その目の怒りが少し和《やわ》らぐ。それに、ほっと息を吐いたところでレンフォードが言った。

「だからと言って、その事実を公表する訳にはいかないだろう。そんなことをしたら戦《いくさ》だ。カーライルが先走ったぐらいの騒《さわ》ぎじゃすまない」

――戦？

その言葉にシェインはぎょっと目を見開く。ランフォードが宥《なだ》めるように背中を撫でた。

宰相が進み出て、シェインに簡潔に状況《じょうきょう》を説明した。

元々、双方《そうほう》の合意がなければ婚姻《こんいん》は成り立たなかったこと。ヴェルニルの顔を立てるために半年ほど王子を預かり帰国させる気でいたこと。国を背負っての誓《ちか》いを果たすこともなく、身代わりを立てて反故《ほご》にした末王子のことを決してウェロンの民《たみ》は許さないだろうということから、事実は公表できないということ。

聞いている内に、あまりの話の大きさにシェインは目眩《めまい》がした。

レンフォードが溜息《ためいき》を吐いた。

「ヴェルニルの王は、悪い人では無いんだがね——というかどちらかと言えば善良なんだろう。だから、まさかそんな非道なことをする筈《はず》が無いという思いで息子《むすこ》を感謝と誠意の証《あか》しとして差し出して来たんだろうが——それが完全に裏目に出たようだ」

可哀想《かわいそう》に、という言葉は本気で同情しているようでもある。

ランフォードが厳しい声音《こわね》で言った。

「——それと、シェインを『本物』の王子として嫁がせるというのは、どう関係がある？」

「それが一番、波風立てずに事態を解決する策だからさ。違《ちが》うかい？　城の者たちは皆《みな》、ここにいるシェインをヴェルニルの末王子だと思いこんでいる。そしてお前たちは正式な伴侶だ。馬車に乗ってやって来たのは、最初からヴェルニルの末王子だということにしてしまえば、何の問題も無い」

「——どうして、それについて、わざわざ確認《かくにん》を取る？」

シェインがヴェルニルの末王子という立場を取ったのは無理矢理《むりやり》のことである。自ら望んで嘘《うそ》を吐いた訳では無い。

それなのに、どうしてわざわざ自分から偽《いつわ》りを選ばせなければならないのか。

そんなランフォードの問いに対して、レンフォードが疲《つか》れたように息を吐いた。

「――それがだな。ヴェルニルの末王子と、公爵家の五男の駆け落ちはどうやら失敗したらしい。まぁ、成功する確率の方がどう見積もっても低かったのだけれどね。そして、公爵家の方は――自分たちの息子が誰《だれ》と駆け落ちをしたのかに気付いて、王に馬鹿《ばか》正直に打ち明けたらしいんだ」

それが何を意味するのか分からず、シェインは瞬きをした。

レンフォードが弟を見る目に警戒心《けいかいしん》を込めて、慎重《しんちょう》に口を開いた。

「実は――お前たちが正式に伴侶《はんりょ》になっている間に、ヴェルニルの国王から急ぎの使いが来た」

王が振り返って視線で促《うなが》すのに、宰相《さいしょう》がさっと手紙を取り出して文面を読み上げる。

「『末王子の護送で重大な手違いがあった。詳《くわ》しく説明をしたいので、数日後に使者を送る。我が国に他意は無いので、それはどうかよくよく理解して欲しい。また、今そちらにいる末王子についてはくれぐれも身柄《みがら》を取り逃《のが》すことの無いようにお願いをする』」

手紙を読み終えるや否《いな》や、宰相が驚《おどろ》いたように飛び退《の》いた。レンフォードまでが長椅子《ながいす》から腰《こし》を浮《う》かせる。シェインは腕《うで》の力が強まるのに驚いて伴侶を見上げた。

新緑色の瞳に、再び苛烈《かれつ》なまでの怒気《どき》が宿っている。迷いながらも、シェインはそっとランフォードの掌《てのひら》に、ここ数日の内で何度も声にならない声で呼んだ名前を綴《つづ》る。

ランス？

――声に出せなくても良いから呼んでくれ。

そう言われた通りに呼んだ、シェインの声の無い呼びかけに、はっと視線を落としたランフォードがシェインの掌を握《にぎ》り込んで、低い声で言った。

「——全《すべ》てシェインに押しつける気か。あの国は」

理性の戻《もど》った弟の声にほっとしたような顔で長椅子に座り直しながら、レンフォードが肩《かた》を竦《すく》めるようにして答えた。

「あちらの国にしたら、その方が都合が良いだろう。こちらが全て知っている上に、身代わりがお前の本当の伴侶になっているなんて——全く知らないから立てられるおめでたい策だが。それでも、正面切って我が国から咎《とが》められて戦になるよりよっぽど良い」

ぎりぎりとランフォードが奥歯を噛《か》み締《し》めるのに、シェインはおろおろと掌を握る力を強める。深く息を吐《は》いたランフォードがそのまま、勢いよくシェインを抱《だ》き締めた。どうやら怒りを抑《おさ》えているらしい伴侶の背中を、そっと撫《な》でていると、レンフォードがその様子を見ながら声をかけた。

「分かっていないようだから言うけれどね、シェイン。——あちらの国は、君を賊《ぞく》に仕立てる気だ」

——賊？

きょとんとしたシェインとは対照的に、ランフォードがシェインを抱《だ》く腕に力を込める。

「王子の誘拐《ゆうかい》を企《くわだ》てて身代わりをした罪人の一味として、君を引き取って、その代わりに本物の王子を置いていくつもりだろう。そうすれば、全てが丸く収まる」

言われてシェインは呆気《あっけ》に取られた。そして、同時に納得《なっとく》もした。そうすれば、問題は綺麗に片付く。

──罪人。

そうなったら勿論《もちろん》、ランフォードとは引き離されてしまうのだろう。

思った途端《とたん》に、不安が押し寄せてくる。そんなシェインを見て取って、些《いささ》か慌《あわ》てた様子でランフォードが口を開いた。

「もちろん、そんなことはさせないけれどね。あちらの国の決まりではともかく、こちらの国ではもう君は弟の立派な伴侶だ。それに──君を罪人扱《あつか》いなどしたら、そこの弟が黙《だま》って無いよ。使者の首を落としかねない。そんなことになったら芋蔓式《いもづるしき》に事の子細を公表しなければならなくなって──戦に一直線だ。そんなことはさせないし、許さないよ。だろう、ランス？」

「当たり前だ」

ランフォードが力強く王の言葉を肯定《こうてい》した。そのまま不安に揺《ゆ》れるシェインの心を見透《みす》かしたように、強く言葉を放った。

「──一生傍《そば》にいてくれと言っただろう」

忘れたのか、と咎めるように言いながら耳の先端《せんたん》を柔《やわ》らかく唇で食《は》むランフォードにシェインは体を震《ふる》わせて首を振る。

その言葉を、忘れる筈が無い。

泣くほど恋《こい》しくて大切だった温かいところを手放して、それでも隣《となり》にいたいと願った相手の傍なのだから、簡単に引き剝《は》がされる気なんてシェインにも全く無かった。

そんなシェインの思いが伝わったのか、ランフォードが耳元に唇《くちびる》を落とす。

「それならいい」

ふっと満足したような吐息《といき》と共に、三角の耳の付け根に吐息がかかる。ぞくりと背筋に走るものがあってシェインが体を震わせると、散々に交合した後だというのに初《うぶ》な様子を見せる伴侶の姿に、ランフォードが笑う。

咳払《せきばら》いと共に、そのやり取りに割って入ったのはレンフォードだった。

「あー……そうしていたくなる気持ちはとても良く分かるんだが、それは後で二人きりになった時にでもやって貰《もら》えないかな？」

途端に二人きりでは無かったことを思い出して、シェインの頰《ほお》がみるみる紅潮する。承知で戯《たわむ》れていたらしいランフォードが不機嫌《ふきげん》そうな顔を兄に向けた。

「どう出るのかは、もう決まっているんだろう」

「もちろん。まず、お前と王子が正式に伴侶になったことを伝えるよ。あちらが口を開くよりも先にね。──あちらの王子の処置については、あちらの国の問題だ。ただ、表舞台《おもてぶたい》に出て来るようなことがあったら、当然それなりの対処をさせて貰うと釘《くぎ》は刺《さ》すよ。それで済ませてやると言っているのに煩《うるさ》く言ってくるようだったら、手札がすべてこちらにあることを知らせてやったって良い。そもそも、先の戦《いくさ》に手を貸したのだって狐獣人《きつねじゅうじん》に住まわれるよりも猫《ねこ》獣人が住んでくれた方がマシだからだ。全て知った上で、目を瞑《つぶ》ってやるというこちらの言い分が理解出来ないほど馬鹿な使者なら——その時は、お前が好きにすると良い」

最後に凄《すご》みのある言葉を口にした王に、ランフォードは眉《まゆ》を寄せた。

「そこまで決まっているなら、先ほどの話はなんだ？」

「ああ——話が逸《そ》れていたか。まぁ、つまり、こんな馬鹿馬鹿しいことで戦になるのは、私としてはもちろん避《さ》けたいところなんだ。だから、ヴェルニルという国を丸め込むつもりでいるし、それが出来るという確信もある——けれどね」

そこで深緑色の瞳《ひとみ》は、シェインのことを捉《とら》えた。

「だからこそ、シェインには秘密を墓まで抱《かか》えていく覚悟《かくご》を決めて欲しいという話だ」

——覚悟？

瞬《まばた》きをするシェインに向けて王が言う。

「君が今、王子として扱われているのはいわば成り行きだ。騙《だま》そうとして騙している訳ではないことを我々《われわれ》は承知している。けれど——ヴェルニルまで巻き込んで、これからも王子と名乗ることを選んだとなると、話は変わる。君は意図して、両国の民《たみ》を騙して一生を送ることになる。ヴェルニルの公爵領《こうしやく》で働いていた使用人のシェインは君で無くなる。君は生まれついてのシェイン・クロス・ヴァリーニになるんだ――まぁ、今はランスの伴侶だから、シェイン・フェイ・ルアーノか――とにかく、その嘘《うそ》を一生、吐《つ》き続ける覚悟を持ってくれ」

――。

思いがけない言葉に、シェインは目を見開いて固まった。それにランフォードが咎めるような声を出す。

「おい」

「お前もだよ、ランス」

弟の言葉に、レンフォードが鋭《するど》く言った。

「その嘘ごと伴侶を抱えて一生を送る覚悟を決めてくれ。――それぐらいの覚悟が無いなら、私もヴェルニル相手に交渉《こうしょう》を進めることは出来ないよ」

いつになく厳しい兄の言葉に、少しだけ眉を顰《ひそ》めたランフォードだが、返事は素早《すばや》かった。

「――分かった」

そんな兄弟のやり取りを見ながら、シェインは何の言葉も伝えることが出来なかった。

結局、使者が来る前に返事をすることだけを約束して、ランフォードに抱えられたまま王の執務室《しつむ》を退出したのだが、それからずっとシェインの頭の中ではまとまらない考えがごちゃごちゃと渦巻《うずま》いている。

シェインを抱えたまま寝台《しんだい》に転がったランフォードがなんでも無い口調で言った。

「そんなに悩《なや》むのなら、いっそ私と駆《か》け落ちするか」

きょとんと問い返すように瞬きをすると、ランフォードが意外に真剣《しんけん》な声音《こわね》で言う。

「私は君さえいれば良い。そんなに頭を悩ますのなら、どこか適当な国の山の奥で二人きりで暮らしても構わない。兄の子が王を継《つ》ぐだろうから、元々後継者《こうけいしゃ》の心配は無いんだ。私はそれでも構わない」

そうするか、と訊《たず》ねられてシェインは呆《ほう》けた顔をした。

それから言葉の意味に気が付いて、勢いよく首を横に振《ふ》る。

「駄目《だめ》か。悪くないと思ったんだが」

どうやら半ば本気だったらしい。ランフォードが心なしか残念そうな声を上げるのに、シェインはなんと言ったら良いのか分からずに、その胸に顔をすり寄せる。

ランフォードには、持てる物は全て持っていて欲しかった。

故郷も、家族も——ついでに、シェインも。

無理矢理《むりやり》に暖かくて優《やさ》しいところから引き離《はな》されて、ランフォードと偶然《ぐうぜん》に出会って、あの暖かいところに戻ることを止《や》めたのを後悔《こうかい》している訳ではない。むしろ、だからこそランフォードには持っているものを全て大切にしていて欲しかった。シェインのためにそれらを捨てさせるなんてこと、絶対に嫌《いや》だ。

——王の示した案が最良なのは分かっている。

そもそも、シェインがどう知恵《ちえ》を絞《しぼ》ったところで、それ以上の解決策は望めない。だから、後はそれをシェインが受け入れるか受け入れないかだけなのだ。それをぐずぐずと迷っているのは——単なるシェインの心の弱さだ。

「シェイン？」

ランフォードが不思議そうな声で呼ぶのに、シェインは指を伸《の》ばした。差し出された掌《てのひら》に、文字で伝える。

きらいになったら、いって。

「——シェイン？」

嘘を吐いたら匂《にお》いが濁《にご》る、とランフォードはそう言っていた。シェインはこれまで、自ら進んで嘘を吐いたことが無い。その必要は無かったし、そもそも声で伝えられないから、思っていることがそのまま伝わるように努めるのが当然だった。

けれども、意図的に嘘を吐くとなったら、きっと何かが変わるだろう。

そのシェインの変化を一番、感じ取るのはランフォードに違《ちが》いなくて。変わってしまったシェインを放《ほう》り出すような真似《まね》はしないだろうけれど、そのままいつまでも縛《しば》り付けておくようなことはしたくなかった。

本当なら変わらないで、このまま温かい腕《うで》の中にいたい。

けれども、変わるしか無い。変わったことで、ランフォードが好きになったシェインがいなくなってしまったら、それは――その時は、きちんと終わりにして欲しい。

指先の言葉で拙《つたな》く思いを伝えれば、ランフォードが不意にその指を強く握《にぎ》り込んだ。

新緑色の瞳が真っ直《す》ぐにシェインを見つめた。

「君を変えたのは私だ。それなのに、私のせいで変わった君を――私が嫌《きら》う訳が無いだろう。君こそ、良いのか」

――？

「望んで来た訳でもない土地で、故郷に帰ることも出来ずに、私の傍《そば》に一生いるんだ。その上、君に望まない変化まで強《し》いている。――君の人生をここまでひっかき回した男の傍で、君は幸せになれるのか？」

ランフォードの問いに、シェインはぽかんとした。

今ほど――。

今ほど、相手の名前を呼びたいと思ったことは無い。

唇を動かしたが、それは音にならない。

「――」

それでも、ランフォードはシェインが何を言いたいのか分かったらしく、瞳を細めて優しく名前を呼び返した。

「シェイン」

――この相手が、どうしようもなく好きだと思う。

思いながら、シェインは相手を思い切り抱《だ》き締《し》めた。そのまま優しく下りてくる唇《くちびる》と愛撫《あいぶ》に身を委《ゆだ》ねて、優しく夜は更《ふ》けて行く。

ヴェルニルからの使者が、ウェロンの王城に到着《とうちゃく》したのは、それから三日後のことだった。

＊＊＊＊＊

「これはようこそいらっしゃった」

そう言う王の顔は晴れ晴れとしている。

ヴェルニルからの使者の一行は煌《きら》びやかな、いかにも凝《こ》った衣装《いしょう》を身にまとっていた。

仰々《ぎょうぎょう》しく礼をして、使者が長い口上を述べようとするのを遮《さえぎ》って、レンフォードが言った。

「ああ、先に私の方からめでたい報告をしてもいいかな？」

にこりと笑って、指し示すのは玉座より一段下に置かれて並べられた椅子《いす》に腰掛《こしか》けるランフォードとシェインである。

「実は、この度《たび》、私の弟とそちらのシェイン王子が伴侶《はんりょ》になった」

「は」

使者がぽかんと、口を開いて固まる。

予想外の話に出鼻を挫《くじ》かれたのだろう。そのまま言葉も無い相手に、レンフォードが畳《たた》みかけるように言葉を続ける。

「ヴェルニルの王からの手紙には、シェイン王子の身柄《みがら》を取り逃《に》がすなと書かれていたが、とんでもない。弟が手放そうとしないのだから、逃げる暇《ひま》も無いからご安心くださいと伝えて貰《もら》いたい」

「は、はぁ――」

呆然《ぼうぜん》と返事らしい声をあげる使者に、そう言えばと思いついたような顔で王が訊《たず》ねる。

「ヴェルニルの王からの急ぎの用事とは？　別室を設けているので、そちらに案内をしよう。――おや、それとも、少しお休みになった方が良いかな？　顔色が悪いようだ」

「は――」

しどろもどろの使者が、王からの言葉に飛びついた。

狼獣人《おおかみじゆうじん》の伴侶に対する執着《しゆうちやく》が、猫《ねこ》獣人のそれとは違うことを熟知しているからだろう。既《すで》に伴侶となった相手を、公然と罪人扱《あつか》いすれば、それだけで大問題になる。そもそも、どうしてそんな相手が送られてきたのか。それを問われて困るのはヴェルニルの方だった。

何より嫁《とつ》いだ相手は、先の戦《いくさ》で武勇に名高い騎士《きし》ランフォードである。激怒《げきど》しようものなら、使者一人の手に負えるものではない。偽《いつわ》りの誓《ちか》いを何より嫌う狼獣人の性質も、よく理解しているのだろう。使者が青白い顔をしながら、王の言葉に甘えると礼を述べて頭を下げた。そのまま秘書の一人に案内をされて別室に連れられていく。

「――先手は取ったな」

その後ろ姿を見送りながら、レンフォードが呟《つぶや》いた。

「使者はそれなりにまともな頭を持っていたらしい。さて、この後、どんな話を持ってくるかな？」

にこりと人の悪い顔で笑うレンフォードに、シェインの腰を抱いたままランフォードが溜息《ためいき》を吐《つ》いた。

「とんだ茶番だ」

「政治なんて、ほとんどが茶番だよ。それをどう上手《うま》く見せられるものにするかが、上にいる者の仕事だろう？」

その言葉と共に腰を上げて、あらかじめ用意しておいた別室へと移動をする。宰相《さいしょう》が既に待ちかまえていて、席の用意を終えていた。その椅子の数を数えながらレンフォードが言う。

「――さて、シェインはどうする？　私としては、ランスにはこの後の内々の話には立ち会って貰いたい。騎士ランフォードの逆鱗《げきりん》に、堂々と触《ふ》れてくるような馬鹿《ばか》ではないことは分かったからね。こちらの手札を知らせて、大人しく帰って貰うことになるだろう。それまでの話し合いが穏便《おんびん》に終わるとは、正直思えないが」

「――シェイン」

苦渋《くじゅう》の決断《けつだん》、という顔をしてランフォードが言った。

「居城に先に帰っていてくれ」

シェインは瞬《まばた》きをした。これはシェインの話なのだし、最後まで立ち会うのが筋なのではないか、と思ったからだ。けれども、意外にもランフォードの言葉に賛成したのは王だった。

「その方が良いだろうね。もしも、開き直ってあちらが罪を押しつけるような口上を述べた時──君は反論が出来ないだろう。相手も国の面子《メンツ》を保とうと必死でいるだろうから、何を言われるか分かったものではない。そして目の前で伴侶を貶《おとし》められて、黙《だま》っていられるランスじゃないだろう？」

シェインがランフォードに視線を向けると、王の言葉に重々しく伴侶が頷《うなず》いたところだった。使者が到着してから、ランフォードはずっとピリピリした雰囲気《ふんいき》を湛《たた》えている。そのためシェインとしては、伴侶の方が心配になってしまう。シェインが手を伸ばすと、その指先に丁寧《ていねい》に唇を落としながらランフォードが言った。

「──居城で待っていてくれ」

新緑色の瞳《ひとみ》に浮《う》かぶ懇願《こんがん》に、シェインは素直《すなお》に頷いた。

宰相が兵を呼んで、護衛に付くように命じた。居城までの道は十分に知っているし、大仰だと断ろうとしたところで、ランフォードの表情がそれを頑《かたく》なに拒《こば》んでいるのに気付いてシェインは大人しく護衛を受け入れた。見慣れない顔の狼獣人の騎士が二人、付き添《そ》って歩く。下にも置かぬ扱いぶりに、改めてランフォードのこの国での地位の高さと評判を思い知った気がした。とは言え、それを理由に傍を離《はな》れるつもりはシェインには無い。

——本城を通り抜《ぬ》けて、居城に向かうまでの僅《わず》かな間である。

その声が一行を引き留めたのは。

「シェイン王子！」

軽《かろ》やかな声が呼ぶのに、思わず護衛ともどもシェインは足を止める。にっこりと愛らしい笑《え》みを浮かべながら、駆《か》け寄ってくる猫獣人の姿に、シェインの喉《のど》が小さく鳴った。

黒髪《くろかみ》に黒眼《くろめ》。愛らしいのに、どこか妖艶《ようえん》な笑みを浮かべた猫獣人は——本物の、シェイン・クロス・ヴァリーニだった。

護衛は、突然《とつぜん》現れた猫獣人への対応に戸惑《とまど》っていた。指示を仰《あお》ごうにも、シェインは声が出ない。シェインもそれを伝える術《すべ》を持たない。何より本物の王子の登場に呆然としていた。

困惑《こんわく》の中、一瞬《いっしゅん》の間を縫《ぬ》って、するりとシェインに近寄った王子は親しげな口調で言う。

「ああ、お久しぶりです。隣国《りんごく》に嫁がれたと聞いて、とても心配していたんですよ、王子！　よろしければ、こちらの国のことをたくさん聞かせて下さい！」

まるで本当に再会を喜んでいるような声でそう言って、シェインの両手を取った。その際に強すぎる力で爪《つめ》を立てられて、シェインは痛みに竦《すく》み上がる。

そんなシェインの様子を見ながら、小首を傾《かし》げた本物の王子は、あくまで愛らしい口調を崩《くず》さないままで言った。

「久しぶりに二人でたくさんお話しましょう？　僕、王子と会えると思ってヴェルニルのお使いに付いて来たんです。お願いします」

可愛《かわい》らしい口調と共に、小首を傾げた王子が、シェインにだけ聞こえる声でそっと言う。

「——偽者《にせもの》って叫《さけ》ばれたいの？」

ざっ、と顔から血の気を引かせたシェインが頷く。

護衛二人は複雑な顔をしながら、新しい猫獣人の同行者を受け入れた。

ランフォードの居城まで辿《たど》り着くと、シェインは以前に起居していた客室の方へと王子を伴《ともな》った。若い騎士たちによって壊《こわ》された扉《とびら》は修繕《しゅうぜん》されていて、部屋も綺麗《きれい》に整えられている。

部屋の中まで付いてこようとする護衛に、王子がどこか軽蔑《けいべつ》したような口調で言う。

「護衛のくせに部屋まで入って来ないで貰える？　僕は『王子様』と二人きりで話したいんだから」

「しかし——」

「文句があるなら、『王子様』に言ってもらえるかな？　ねぇ、僕と二人きりの方が良いですよね？　『王子様』？」

含《ふく》みを持った口調で言われて、まだ摑《つか》まれたままの手に爪が立てられる。シェインは痛みに顔を歪《ゆが》めそうになるのを堪《こら》えながら、小さく頷いた。それに釈然《しゃくぜん》としない顔をしながら、護衛が退出する。

「――外に控《ひか》えておりますので、何かあればお呼び下さい」

そんな言葉と共に扉が閉まった。

それを見届けてから、声を潜《ひそ》めて王子が言った。

「ここじゃあ聞こえるだろうから、奥の部屋へ行こうか？　お互《たが》いに聞かれたくない話でしょ？」

にっこりと微笑《ほほえ》む王子に逆らう術も無く、シェインはただ頷いて寝室《しんしつ》へ足を運んだ。寝室の扉を閉じて鍵《かぎ》をかけてから、ようやく王子はシェインの手を放した。

きつく握《にぎ》られていた手は、心なしか痺《しび》れて白くなっている。何より、くっきりと滲《にじ》んだ爪の痕《あと》に、血が滲んでいた。

寝台へ尊大に腰《こし》を下ろしながら、王子が小馬鹿にしたようにシェインに言う。

「随分《ずいぶん》、上手くやったみたいじゃない。シェイン様？　騎士ランフォードと伴侶《はんりょ》になったんだって？　狼獣人の伴侶っていうのは、つまりヤったってことでしょ？　大人しそうな顔して、実はやり手だったんだ？」

酷《ひど》い言葉の羅列《られつ》と、手の痛みに顔を歪めながら、シェインは辺りを見回した。寝室に備え付けられた書き物台の上に、ペンとインク――それからいくつかの白紙が置かれているのに気が付いて、それに手を伸《の》ばしてシェインは質問を綴《つづ》る。

スコッツさまは？

シェインからの質問に、王子はきょとりと黒い瞳を瞬かせた。

「スコッツ？　――さぁ？　途中《とちゅう》で公爵《こうしゃく》家の追っ手に捕《つか》まって、引き離されてから会っていないもの。知らない」

駆け落ちまでした相手にかける言葉とは思えない。

シェインは驚《おどろ》いて目を見開いてから、先ほどの質問の下に走り書きをした。

すきだから、かけおちしたのでは、ないのですか？

その質問に心底馬鹿にした表情を浮かべて、王子が答えた。

「好き？　まぁ、確かに、体の相性《あいしょう》は悪くなかったし、公爵家っていう後ろ盾《だて》も魅力《みりょく》的だったからいい遊び相手だったけどさ。結局、駆け落ちも失敗してこうして僕がウェロンに来なくちゃならなくなったんだから、ただの役立たずだよ、あんなの」

親しげに唇《くちびる》を交《か》わしていた相手に吐《は》く言葉とは到底《とうてい》思えないそれに、シェインは目を見開いて固まった。

そんなシェインの様子に頓着《とんちゃく》した様子はなく、寝台から立ち上がると、王子は軽やかな足取りで窓へ近付いていく。

そのまま王子が窓を開け放った。風が吹《ふ》き込んでくる。

「やんなっちゃうよね、こんな国に嫁《とつ》がないといけないなんて。父上も、物凄《ものすご》くお怒《いか》りだし。馬車から見た景色だって、地味で飾《かざ》り気が無いし――おまけに供は一人も付けてくるな、なんてどういう条件？　まぁ、でも――」

そう言ってシェインの頭のてっぺんから爪先《つまさき》までを値踏《ねぶ》みするようにして、王子が満足げな笑みを浮かべる。

「その様子を見ると待遇《たいぐう》はそれほど悪くなさそうだし、妥協《だきょう》してあげようかな」

くっ、と笑う王子の笑顔が妖艶に毒を持つ。

「ねぇ――騎士《きし》ランフォードって美形なんだって？　使者に聞いたよ。顔をずっと隠《かく》している、なんて聞いたからどんな醜《みにく》い顔か傷跡《きずあと》でもあるのかと思っていたら、物凄い精悍《せいかん》な良い男らしいじゃない？　どんな風に抱《だ》かれるの？」

あけすけな問いにシェインは絶句する。

猫獣人《ねこじゅうじん》の王子は楽しげに黒い瞳を細めながら言った。尻尾《しっぽ》が鼠《ねずみ》をいたぶる時のように楽しげに揺《ゆ》れている。

「興味はあるよね、狼《おおかみ》獣人とはさすがにシたことなんて無いし。おまけに、美形なんだから――それなら、僕がこの国にいてあげても良いかな」

すっかりシェインと入れ替《か》わって、この国で暮らすことが当然のように話す王子に、シェインは違和感《いわかん》を覚えた。

この話し合いはヴェルニルではなくて、真相を知っているウェロンの方が有利な筈《はず》だ。なのに、どうしてこの王子は、そこまで絶大な自信を持っているのだろうか。

ししゃのかたは、なんといっていますか？

シェインの問いに、王子が鼻白んだ顔をする。

「さぁ？　あんな腰抜《こしぬ》け知らないよ。国を発《た》って王城に着くまでは、散々に任せておいてください全《すべ》て上手《うま》くいきますなんて言ってたくせに。少し、こっちの王と話した途端《とたん》に青ざめて帰って来ちゃってさぁ。狼獣人にとっての伴侶はどうのこうの言ってたけど、聞いていて面倒《めんどう》になって置いて来ちゃった。――父上も、なんであんなのを使者にしたんだか」

つまり王子は自分が何をしでかしたのかも、どうして使者が顔を青くしているのかも、ちっとも把握《はあく》していないということか。

あまりの身勝手さと傲慢《ごうまん》すぎる無知に、シェインは絶句した。

シェインを偽者に仕立てた時もそうだが、この王子にはどうも目先の欲望しか見えていない節がある。そして、他者への思いやりも、民《たみ》を思う気持ちも欠片《かけら》も無い。心底不思議そうに、王子が首を傾げた。

「だって何の問題があるの？　僕が本物のシェイン王子なんだし。お前がただの使用人なんていうのは、当然の事実だろう。だから、お前が大人しく罪を認めてくれれば良いじゃないか。

それなのに、それが出来ないってどういうこと？」

狼獣人にとっての伴侶の意味を、王子は理解していないらしい。

説明をしようかと腕《うで》を持ち上げて、シェインは力なく腕を下ろした。何を説明しても無駄《むだ》だ、ということだけがひしひしと伝わってくる。

「だからさ、お前が大人しく帰ってくれれば良いんだよ。騎士ランフォードは貰《もら》ってあげるから」

いっそ無邪気《むじゃき》なまでにそんな提案をする王子に、シェインは紙にペンを走らせて短い返事をした。


ものではないので、あげることはできません。


「──は？」

シェインからの拒絶《きょぜつ》など考えもしなかった、という顔で王子が固まる。それにシェインは静かな菫色《すみれいろ》の瞳《ひとみ》を向けた。そのシェインの落ち着き具合にカッと来たらしい王子が頬《ほお》を紅潮させて言う。

「お前──何か思い違《ちが》いをしていない？　お前は、ただの使用人。本当の王子は僕なんだよ。僕が僕のいるべき場所に戻《もど》るから、お前はお前のいるべき場所に戻れと言っているだけなのに、どうしてそれだけのことが分からないの？」

そんなことはシェインの方が嫌《いや》というほど承知している。

けれども、それを背負ってシェインはランフォードの隣《となり》にいることを決めた。それだけのことだ。シェインが従順に動かないことなど想定外だったらしい王子が、苛立《いらだ》ったように地団駄《じだんだ》を踏《ふ》む。

「使用人の分際で、僕の言うことが聞けないの？　ウェロンで王子として扱《あつか》われ過ぎて、頭がおかしくなったんじゃないの、お前」

シェインは、ただ静かに首を振《ふ》った。

別におかしくなった訳ではない。ランフォードの伴侶であるシェインが、ここで素直《すなお》に頷《うなず》くわけにはいかないのだ。嘘《うそ》は匂《にお》いが濁《にご》ると嫌《きら》っていた人に、一生嘘を吐《つ》かせる覚悟《かくご》を背負わせて、ここに留《とど》まると決めたのはシェインだ。

だから言うことを聞くわけにはいかない。

シェインの断固とした様子に、徐々《じょじょ》に王子が苛立ちを募《つの》らせた。

「——気に入らないッ」

癇癪《かんしゃく》を起こした子どものような感情的な言葉を吐き捨てて、王子がシェインに詰《つ》め寄った。

身の危険を感じて、シェインは咄嗟《とっさ》に飛び退《の》こうとして、壁際《かべぎわ》に追いつめられる。

次の瞬間《しゅんかん》、体中を走った痛みにシェインの口から声の無い悲鳴が迸《ほとばし》った。

王子が可憐《かれん》な顔に似合わない残忍《ざんにん》な笑《え》みを浮《う》かべて、シェインの尻尾を思い切り握《にぎ》っている。

激痛に、思わず足から力が抜ける。

そんなシェインを見下ろして、王子が歌うように言う。

「声が出ないって、本当に便利だね。お前の危険に、誰《だれ》も気付かないんだもの」

そう言いながら、シェインに向けて言葉を落とす。

「ねぇ、意地を張っていないで帰るって言いなよ。そうしたら、悪いようにはしないよう父上に掛《か》け合ってあげる。どう？」

ぐ、と力を込めて握られた尻尾に、更《さら》に爪《つめ》まで立てられる。痛みのあまり、息も絶え絶えになりながらシェインは首を横に振った。

吐くと決めたのは一つの嘘だけだ。その場凌《しの》ぎだろうとなんだろうと、これ以上の嘘を重ねるような真似《まね》はシェインに出来ない。

「――強情《ごうじょう》」

呆《あき》れた声音《こわね》で言った王子が、つまらなそうな顔でシェインの尻尾を手放した。膝《ひざ》から崩《くず》れ落ちて反射的に丸まろうとするシェインの襟首《えりくび》を、王子が思い切り摑《つか》んで引きずる。

「仕方がないから、こうしようか。本当の王子に糾弾《きゅうだん》された偽者《にせもの》のお前は、自分の罪の重さに耐《た》えきれなくなって身投げをしたってことにしよう。そうすれば、お前を連れて帰る手間も省けるものね。――ああ、最初からこうすれば良かったのに。どいつもこいつも馬鹿《ばか》ばっかりなんだから」

　自分の思いついた筋書きがよほど気に入ったのか、王子の顔にうっとりとした笑みが浮かぶ。顔立ちが可憐なだけに残忍さが際《きわ》だって、シェインはぞっとしながらその手から逃《のが》れようと暴れた。

「僕の手をこれ以上、煩《わずら》わせないでくれる？　使者の奴《やつ》も、他《ほか》の付き人も全く何の役にも立たないんだから——使用人一人始末するのに、何をあんなに右往左往してるんだか」

　苛立った口調でシェインの行動を咎《とが》める相手の腕を、思い切り振り払《はら》う。ばしっ、と甲高《かんだか》い音がして手が離《はな》れた。シェインは前のめりになって咳《せ》き込む。

「この——ッ！」

　怒りに目をつり上げた王子が、その手を振り下ろす直前に——扉《とびら》が激しい音と共に開いた。

「私の『番《つがい》』に何をするッ‼」

　轟《とどろ》いた怒号《どごう》に、部屋の空気が震《ふる》えた。悲鳴を上げた王子が、反射のように後ずさって尻餅《しりもち》をつく。シェインが咳き込みながら顔を上げると、そこには新緑色の瞳を怒りで光らせた伴侶《はんりょ》がいた。

　——ランス。

声にならない声を上げて、そのまま相手の胸に飛びついた。背中に温かな腕が回るのに、ほっと息を吐《は》いたところで、ランフォードがシェインの手を取った。

「――これは、どうした」

訊《たず》ねる声が怒《いか》りに震えている。王子に爪を立てられてくっきりと付いた痕《あと》には血が滲《にじ》んでいる。シェインが困ったように目を伏《ふ》せたのと、ランフォードの怒りが増したのは同時だった。腰の剣《けん》に手を伸《の》ばそうとするランフォードの腕に、シェインは咄嗟に縋《すが》り付く。

「――放してくれ、シェイン。怪我《けが》をする」

爛々《らんらん》と目を光らせたランフォードに、困ってしまってシェインは、ただ首を振ってしがみついた。ランフォードの尻尾《しっぽ》が、怒りのあまり膨《ふく》らんで逆立っている。どうしたものかと思っているシェインの耳に、もう一つ声が聞こえた。

「落ち着きなさい、ランス」

怒りに満ちたランフォードの動きを制したのは、いつの間にか戸口に現れた王のレンフォードだった。

「お前の伴侶を医者に診《み》せてあげるのが先じゃないか？」

その言葉にランフォードがようやく腕から力を抜いた。怒りに燃える目を床《ゆか》に座り込む王子に向けた後、視線をシェインに向けて一転して、新緑色の瞳を心配げなものにする。

「――他に怪我は？」

言いながら、襟元を引かれたことで出来た首筋の擦《こす》れた痕をランフォードの指がなぞる。怪我と言われて、シェインの意識はようやくじくじくと痛む尻尾に向いた。そして、その変化を見《み》逃《のが》すようなランフォードでは無い。

先ほど握られた時と比べものにならないほど、優《やさ》しく添《そ》えられた掌《てのひら》が、黒い毛並みをたどってちょうど王子に握られた先端《せんたん》の部分に触《ふ》れる。意識をしていなかった痛みに、シェインの体が跳《は》ねた。菫色の瞳から、ぽろりと涙《なみだ》が落ちる。途《と》端《たん》にランフォードの殺気が再び閃《ひらめ》いた。

その様子を見ながら、レンフォードが言う。

「使者殿《どの》。お付きの一人が乱心されて、私の弟の伴侶に怪我を負わせたらしいが——どうされる？」

その言葉にゆらりと姿を現したのは、蒼白《そうはく》を通り越《こ》して紫色《むらさきいろ》の顔をしたヴェルニルの使者だった。耳と尻尾が垂れ下がっていて、煌《きら》びやかな衣装《いしょう》と釣《つ》り合っていない。なんとも無惨《むざん》な有り様だった。

「……なんと、いう、ことを」

そう呟《つぶや》いたきり、使者が絶句する。

自国の人間を見てか、ランフォードの怒りを一身に向けられて茫然自失《ぼうぜんじしつ》だった王子が黒い瞳を光らせた。そしてやり取りから推測をしたらしく、身を乗り出して言った。

「恐《おそ》れながら、ウェロンの陛下——そこにいる黒髪《くろかみ》の猫獣人《ねこじゅうじん》は、王子の名を騙《かた》る罪人で——」

再びランフォードの怒りが膨れ上がるのを感じて、シェインは咄嗟にランフォードにしがみつく。そして、それ以上、王子の言葉が続くことは無かった。

不思議に思って視線をやると、いつの間にか部屋の中に入り込んだ宰相《さいしょう》が、その体を押さえつけて口を塞《ふさ》いでいるところだった。

「王弟妃殿下《おうていひでんか》がお優しい方で幸いでしたね。放《ほう》っておいたら首を王弟殿下に三度は刎《は》ねられていますよ」

呆れた口調で言いながら、王子の口の中に布を押し込んで、テキパキと縛《しば》り上げていく。真っ赤な顔をした王子が何事かを怒鳴《どな》っているが、それは布に阻《はば》まれてくぐもった音にしかならない。

レンフォードが一部始終を冷えた深緑色の瞳《ひとみ》で眺《なが》めながら言った。

「どうされる、使者殿？　我が国で罪は犯《おか》したが、そちらの国の者だ。そちらできちんとした罰《ばつ》を与《あた》えると約束されるのだったら、引き渡《わた》すが？　それとも、こちらで手を下してもいいのかな。今の弟が何をするか、私にも保証は出来ないが――」

「こ、こちらで、国へ連れ帰ります――」

床に頭をこすり付けんばかりの勢いで使者が言うのに、レンフォードは頷きで答えて、いきり立ったランフォードに視線を向けた。

「ランス。お前の伴侶の怪我は、大丈夫《だいじょうぶ》なのか？」

シェインが、その言葉にほっとしたような顔で、ランフォードの手を引いて、そこに文字を綴《つづ》る。

ダルニエいしのところへ。

つれていって、と頼《たの》むよりも先にシェインの体は抱《だ》き上げられていて、大股《おおまた》で部屋から立ち去っていく。

レンフォードはそれを見送ってから、部屋に足を踏《ふ》み入れた。無様に転がる猫獣人の王子の傍《かたわ》らに屈《かが》み込んで言う。

「――まったく。己《おのれ》のしたことが過《あやま》ちだと分かれば、素直《すなお》に詫《わ》びることぐらいうちの五男にも出来るというのに」

ヴェルニルの王は大した教育をされたものだ、と呟きながらレンフォードが憐《あわ》れむような口調で言った。

「どうにも状況《じょうきょう》を把握《はあく》していないようだから、言わせてもらうが――君はシェインはシェインでも、ヴェルニルの末王子では無いんだよ」

投げかけられた言葉の意味が分からない、という顔をする王子に、レンフォードが淡々《たんたん》と言葉を続けた。

「君は公爵《こうしゃく》家の五男と駆《か》け落ちをした使用人の『シェイン』だ。駆け落ちに失敗して、公爵家の息子《むすこ》と引き離された君は、乱心して自分のことをヴェルニルの同名の末王子だと思いこむようになった。上手《うま》く使者の一行に紛《まぎ》れてやって来て、王弟妃に襲《おそ》いかかった。伴侶に手を出した者に我々《われわれ》、狼《おおかみ》獣人は本当なら容赦《ようしゃ》はしないのだけれどね——君は、王弟妃の情けで国に帰されることになったんだ。そういうことだ。——それでよろしいだろう、使者殿？」

スラスラと語られる話に、王子が何事かを訴《うった》えるように目を見開いて体を捩《よじ》らせたが、がっちりと宰相に押さえ込まれてそれは叶《かな》わない。レンフォードの言葉に、使者はもう何も言葉を発することも無く、ひたすらに頭を下げ続けていた。

「自分のやって来たことの責任を取りなさい」

無慈悲《むじひ》に言って立ち上がりながら、やれやれと首を回してレンフォードは宰相に問いかける。

「一件落着だろうか？」

＊＊＊＊＊

まるで傷ついた子どもの怪我を舐《な》める母猫のような、そんな優しい舌遣《したづか》いと愛撫《あいぶ》だった。

掌の傷はダルニエ医師に「舐めておけば治る」と一蹴《いっしゅう》されたものの、さすがに尻尾は見過ごせなかったようで傷薬を塗《ぬ》られて包帯が巻かれている。あまり無理はさせないように、という医師の言葉を真摯《しんし》に受け止めたランフォードは居城の私室に戻《もど》るなり、シェインを抱き締《し》めてどこか苦しそうな顔をしてずっと口づけを送っている。

そんな相手に違和感《いわかん》を覚えたシェインに対して、ランフォードが苦しそうな顔で呟いた。

「――傍《そば》から」

――？

「離《はな》れるべきじゃなかった」

ランフォードたちが駆けつけてくれたのは、変わったことがあればどんなに些細《ささい》なことでも報告するように言いつけられていた護衛の一人が、忠実にその命令を守ってくれたからだ。

あんな事態になることを誰《だれ》も予想出来なかったのだし、結果として丸く収まったのだから、何もランフォードが気にすることは無い筈《はず》だ。

指先で文字を伝えようとして、なんと言葉を綴ったら良いのか分からなくなってシェインはそのまま動きを止めた。

とても文字だけでは伝えられない、色々な感情が胸に溢《あふ》れている。

声に出しても伝えられるかどうか分からないのに、どうすればこの思いが伝わるだろうかと思う。

ランフォードがシェインを使者との交渉《こうしょう》の場から外したのは、根拠《こんきょ》の無い言葉で責め立てられたシェインの心に傷が付かないようにという配慮《はいりょ》の筈だった。結果として体に傷は負ったけれど、心に傷は付かなかった。

だから、大丈夫なのだ。

そう言いたいのに、伝わらない。どうすれば伝わるだろう。思いながら、シェインは困ったように首を傾《かし》げる。

ランフォードの新緑色の瞳を見ていると、なんだか嬉《うれ》しさと切なさがない交ぜになって涙が湧《わ》いてくる。

──ああ、呼びたいな。

相手の名前を、呼びたい。そう切実に思う。

試《ため》しに口を開いても、ただ空気が流れるだけで、何の音も生み出さない。

どうやって話をしていたのだろう。

幼い頃《ころ》。膝《ひざ》を抱《かか》えている自分の上げる声を、シェインはとっくに忘れていた。

──ランス。

呼びたいのは、たった三文字それだけの音なのに。無駄《むだ》を承知で、口を開いてみても声は出ない。大事な相手の名前すら呼べない自分が無力で堪《たま》らない。そんなシェインにランフォードが静かに声をかけた。

「シェイン」

喉元《のどもと》に唇《くちびる》を押し当てて、微《かす》かに上下をする喉仏《のどぼとけ》を優しく舌で舐めたランフォードが言った。

「──聞こえてる。ありがとう」

その言葉に、シェインは切なくなって抱き付いた。

胡座《あぐら》を掻《か》いたランフォードの膝の上に抱えられるようにして下から貫《つらぬ》かれて、シェインは体をしならせた。ランフォードの逞《たくま》しい腕《うで》がシェインの上半身を引き寄せる。

包帯の巻かれた尻尾《しっぽ》は、くったりと床《ゆか》の上で丸まっている。

「この姿勢以外の時は、君の尻尾は常に私に巻き付いているからな。今日は尻尾を動かさない方が良いだろう」

真顔で情事の最中の癖《くせ》を指摘《してき》されて、シェインが真っ赤になったのはつい先ほどのことである。羞恥《しゅうち》で赤くなった頰《ほお》が今では快楽のために赤く色づいている。

はっ、と短く息を吐《は》きながらシェインは両手と両足を絡《から》めるようにしてランフォードの背中にしがみつく。相手の腹筋に掠《かす》った性器が、はしたなく薄《うす》い白濁《はくだく》を吐き出したが、それに構っている余裕《よゆう》はシェインには無かった。

「——っ」

胎《はら》の中。

自分の物ではない熱と、拍動《はくどう》に鼓動《こどう》が高まる。受け入れた熱が数度、中を抉《えぐ》るように突《つ》いて来るのに、音の無い喘《あえ》ぎ声を洩《も》らしてだらしなく開いた口から伝う唾液《だえき》を、ランフォードの舌が舐め取った。そのまま強く体を引かれて、項《うなじ》のあたりに鼻を埋《うず》めるようにする。

ランフォードの堪《こら》えるような熱い息を感じた途端《とたん》に、ずぐりと体の中の熱が変化した。

──あ。

来る。

確信した途端に、その変化を内側が敏感《びんかん》に察知する。

入り口を塞《ふさ》ぐようにランフォードの性器が膨《ふく》れて、中の敏感なところをちょうど押し上げる。

押し寄せる快感に下腹が痙攣《けいれん》するように動いた。

いっそ暴力的なほど刺激《しげき》的なのに、体はこの上無く安心しきっていて、次を望んでいる。先を促《うなが》すように収縮する後孔《こうこう》に羞恥を募《つの》らせていると、ランフォードが首筋に鼻梁《びりょう》を埋めるようにしながら、どこか陶酔《とうすい》したような声で名前を呼んだ。

「──シェイン」

は、と短い呼吸がこぼれる。ランフォードにシェインの感じていることが筒抜《つつぬ》けになっているのが分かる。

羞恥も快感も期待も好意も、全部伝わっていることが恥《は》ずかしい。けれど、嬉しい。

体の内側から全《すべ》て暴《あば》かれているようで、この瞬間《しゅんかん》がシェインは好きだ。それもランフォードに知られていると思うと、なんだか頭が沸騰《ふっとう》しそうなほどの羞恥を覚えるのだが、それも結局は悪くないと思ってしまう。いや、悪くないどころか嬉しい。

好きな相手に、言葉にしてなくても伝わる思いがあることが嬉しい。

内側からの刺激に震《ふる》える息を吐きながら、唇を合わせたくなって、少しだけ上体を起こすと、新緑色の瞳《ひとみ》がある。

そのまま自然に唇が合わさって、濡《ぬ》れた音と共に何度もそれが深まっていく。

お互《たが》いに貪《むさぼ》るような口づけの合間に、小さくランフォードが息を詰《つ》めた。途端に胎の一番奥に、温かいものを感じてシェインはうっとりと息を吐いた。

じわじわと温かいものに浸食《しんしょく》されて満たされていく感覚。ランフォードに内側の一番深いところを溶《と》かされているようで、シェインはいつもうっとりとする。何よりぎっちりと楔《くさび》のようにシェインの内側を刺激するランフォードの性器が絶えず刺激を与《あた》えてきて、シェインの意識はいつも飛んでしまいそうになる。

「シェイン——私を一人にしないでくれ」

快楽の向こう側に落ちそうになる度《たび》に囁《ささや》く声に、シェインの意識は引き戻される。落ちそうになる意識を取り戻しながら相手に縋《すが》り、口づけや愛撫を受け入れている内に、また快楽に落ちていく。そんな甘い責め苦が延々と続いて、胎の中はみっしりとランフォードの吐き出した白濁に満たされる。

硬《かた》く反り立ってはいるものの、もう殆《ほとん》ど液体を吐き出すことの無いシェインの性器を労《いたわ》るように、ランフォードの掌《てのひら》が扱《しご》く。

「——っ、——」

頭の裏がチカチカとして、全身に走った快楽がずっと長く続く。お互いの汗《あせ》で体が湿《しめ》ってい

るのが気持ちいい。

「っ、シェイン」

長い吐精の終わりに、せっぱ詰まった声でランフォードがシェインを呼んだ。それに応《こた》えるようにしがみつく手足に力を込めると、下から乱暴に揺《ゆ》すぶられて突き上げられる。

「――――ッ」

「好きだ」

薄く目を開いた先には、新緑色の瞳がある。

「好きだ、愛している。シェイン」

一生放さない、と誓《ちか》いのように吐き出される言葉に脳内が痺《しび》れる。

放さないで欲しい。

そんな意味を込めて抱《だ》きつき返したところで、ようやく高ぶっていた行為《こうい》に一つ区切りが付く。

それでも熱の余韻《よいん》に浸《ひた》りたくて、シェインはランフォードの体にしがみついた。ランフォードもあやすようにシェインの体を抱き込んで、あちこちに口づけをしながらシェインの肌《はだ》に印を残していく。

胸の中が満たされて、泣きたくなるような感情。

ランフォードが与えてくれたそれをなぞるように、シェインは声にならないと分かっていながら、相手に向かって小さく唇を動かした。

「――――ぁ、ん、ぅ」

酷《ひど》く掠れた小さな音。

それを確かに聞いたのはランフォードだけだった。

「シェイン？」

驚《おどろ》いたようにシェインを見つめる新緑色の瞳に、シェインの既《すで》に限界だった体は安堵《あんど》と共に眠《ねむ》りについていく。幼子のように体を丸めながら、シェインは頬をすり付けてランフォードの身体《からだ》に凭《もた》れかかった。

ランフォードは、いつも温かい。

シェインの特別に好きな人で、これからの居場所だ。

うっとりとしながらシェインは眠りの中に落ちていった。

終章

ヴェルニル王国の田舎《いなか》――ロールダール公爵領《こうしやく》のダンザで、しがない管財人を務めるマクガレンに、ロールダール公爵から奇妙《きみよう》な命が出されたのは夏の盛りを過ぎた頃《ころ》のことだった。

ウェロン王国の王弟《おうてい》と、そこへ嫁《とつ》いだ末王子の人前式に参列する国王陛下の一行に、公爵代理として参加するように、という命だ。

その話を聞いて、使用人棟《とう》で肩《かた》を寄せ合うようにして暮らす誰《だれ》もが怪訝《けげん》な顔をした。

公爵が国王の付き人として随行《ずいこう》するのは分かる。しかし、その代理を――何の爵位も持たないただの平民の管財人に任せるのは奇妙なことだった。

「断ることは出来ないんですか」

心配げな顔をしてそう言ったのは従僕のジョイスで、普段《ふだん》は快活な従僕のルナルドも険しい顔をしている。何かと相談に乗って貰《もら》うことの多い執事《しつじ》長のバーナードも眉《まゆ》を顰《ひそ》め、その相棒を務めるメイド頭《がしら》のアリスも不安を隠《かく》さなかった。

頭から湯気を出しそうな勢いで、妙《みよう》な命令を下した公爵を罵《ののし》ったのはグレッソンだ。

「管財人に公爵の代理が務まるものか！　常識で考えてそんなことも分からないのか！　そう言って断ってしまえ！」

怒鳴《どな》るグレッソンの声に、メイドのハンナが啜《すす》り泣いた。

厳しい階級社会のヴェルニルでは、基本的に下層階級の者が命令に逆らう権利は無い。逆らうのはクビになる時か、命を捨てる時である。マクガレンはどちらも手放すつもりは無かったので、仲間たちの反対の気持ちを重々に分かった上で、公爵からの命令を受けた。

「マクガレンさん、帰って来てくれないと嫌《いや》ですよ！」

気の強い下働きのリリアが、そう言いながら見送りの時に泣いた。

ずらりと屋敷《やしき》の前に並んで、見送りをしてくれる仲間たちに手を振《ふ》ると、マクガレンはいつものように鞍《くら》をつけただけの馬に跨《また》がって、王都にいる自分の雇《やと》い人である公爵の屋敷を目指した。

奇妙な命令に加えて、どうして仲間たちがこれほど自分の身を心配するのか――その理由をマクガレンはきちんと理解している。

土砂《どしゃぶ》降りの雨の中で、うずくまっていた黒い猫獣人《ねこじゅうじん》。

声の出ない、静かに皆《みな》の話に耳を傾《かたむ》けながら微笑《ほほえ》む菫色《すみれいろ》の瞳を見なくなってから――どれだけ経《た》つだろうか。

うちの末王子、という愛称《あいしょう》で可愛《かわい》がられていた下働きのシェインが行方《ゆくえ》不明になって、そろそろ半年が経過しようとしていた。

マクガレンたちが仕える公爵家の五男・スコッツが、見慣れぬ黒髪《くろかみ》の猫獣人を連れてきた日に、シェインは訪問者ともども姿を消したのだ。

もちろん、マクガレンは管財人の立場として出来る限り、消息を捜《さが》すように公爵家に訴《うった》えた。しかし、返ってくるのはつれない返事ばかりで、妙な詮索《せんさく》をするのならクビにすると声を荒《あら》げられては使用人の立場としては何も言えない。

噂《うわさ》によると五男のスコッツは、素行不良が祟《たた》って公爵家から絶縁《ぜつえん》され、北の海岸線を守るための一兵士として旅立ったということだ。しかし、その噂話の中に毛一筋分もシェインの居場所の手がかりになるものは無かった。

声の出ない、黒髪の猫獣人。

菫色の瞳。

暖かいところが好きで、日向《ひなた》でよく微睡《まどろ》んでいた。他人の話に耳を傾けて優《やさ》しく微笑む子。

——あの子はどこへ行ってしまったのだろう。

それはダンザの公爵邸《てい》で働く使用人たち全員が抱《いだ》いている不安であり心配だった。だからマクガレンは、何が何でも五体満足で無事にダンザの屋敷へ戻《もど》らねばならなかった。これ以上、管財人として仲間たちに不安な思いをさせる訳にはいかない。

そんな思いで出向いた公爵家の本邸で顔を合わせた公爵は、やけに余所余所《よそよそ》しく話している間、一度も視線が合うことは無かった。

国王の付き人になるのだから、それなりの服を着て貰わないと困るという言葉と共に「金の払《はら》いは心配しなくて良い」と服屋に送り出されてからマクガレンの困惑《こんわく》は更《さら》に増した。

時間も押し迫《せま》っていることから仕立てを一から行うことは出来ないが、という注釈《ちゅうしゃく》付きで行われた採寸と衣装《いしょう》合わせは、既製品《きせいひん》の形を少し変えたり生地《きじ》を足したりしているだけでも、大層金がかかっていることは分かった。

奇妙な心持ちで採寸を終え、仕立て上がった服を受け取ると、早速《さっそく》王城に出向くように公爵から指示があった。

その通りに王城へ足を運んで、マクガレンは再び奇妙な目に遭《あ》った。

立派な馬車の一つが、公爵代理であるマクガレンの専用としてあてがわれていたのである。

何かの間違《まちが》いではないか、自分はあくまで代理であって公爵ではない。そう取り仕切る役人に何度も確認《かくにん》を取ったが、そうするように指示が下っていると言われてしまえば逆らうことも出来ない。ヴェルニルからウェロンへの長旅を、マクガレンは居心地《いごこち》の良い馬車に揺られて移動することになった。

ウェロンに着いてからも、マクガレンに対する奇妙な好待遇《こうたいぐう》は続いた。公爵代理といえども、爵位も持たない平民のマクガレンにあてがわれる部屋など、使用人たちと共に寝起《ねお》きする部屋だろうと思っていたのに、きちんとした立派な個室が与《あた》えられ、専用の使用人まで付けられていたのだ。

ここまで来ると何か怖《こわ》いものを感じる。

マクガレンを罠《わな》にかけたところで、得をする者など誰もいない。しかし、好意なのだと考えると、どう考えても過ぎたものである。

一体なにが起こっているのか。

そんな混乱は、ヴェルニルの末王子とウェロンの王弟の式が行われる前日に頂点に達した。

狼《おおかみ》獣人は、本来ならば人前式や神前での誓《ちか》いを行わないのだという。彼らが愛を誓うのは、互《たが》いに対してであって、その誓いは何よりも重い。そして狼獣人たちには、一人の伴侶《はんりょ》のみを長く愛し続けるという特性があった。司祭の立ち会いの下《もと》、神前での誓いを参列者たちの前で行い、ようやく婚姻《こんいん》が認められるヴェルニルとは婚姻に関する考え方そのものが違う。

今回、ヴェルニルの国王を呼んでの式をすることになったのは、他《ほか》の種族へ嫁ぐことになったヴェルニルの末王子のために、ウェロンの王弟が特別に配慮《はいりょ》をしてということらしい。式の形も大分、略式にした簡素なものになっているらしい。

その式の前日に、改まった調子の騎士《きし》にマクガレンは呼び出しを受けた。

年若い騎士は緊張《きんちょう》した面《おも》持ちでマクガレンの氏名を確認すると、一緒《いっしょ》に来て欲しいと告げて、マクガレンを城の奥へと誘《いざな》った。

案内されたのは、王城の中に造られた王弟の居城で、一階の日当たりのいい部屋にマクガレンは案内された。

明日《あした》の式の主役、その人の城だと聞かされて、マクガレンの混乱と困惑は酷いものだった。管財人として自分を雇っている公爵にも、年に二回、決まった時期に顔を合わせるだけなのである。それなのに、どうして隣国《りんごく》の王弟の居城に招かれないとならないのか。

そんな緊張で固まるマクガレンの前に、立派な体軀《たいく》の狼獣人が姿を現した。

――うちのルナルドよりも、背が高いな。現実逃避《とうひ》に、マクガレンはそんなことを考える。

銀色の毛並みに、新緑色の瞳《ひとみ》。精悍《せいかん》な顔立ちをした騎士は、丁寧《ていねい》に頭を下げてマクガレンの長旅に労《いたわ》りの言葉を贈《おく》った。それから、堂々と名乗る。

「申し遅《おく》れた。私はランフォード・フェイ・ルアーノという」

城の主人にして明日の主役の登場に、マクガレンは気が一瞬《いっしゅん》遠くなった。

「どうしても、せめてあなたぐらいには明日の式に参列をして欲しくて、色々と無理を言った。申し訳ない」

そう謝罪の言葉を述べるウェロンの王弟に、マクガレンは意味が分からずに問いかけた。

「殿下《でんか》が、私に？　明日の式に参列して欲しい、と？」

――なぜ？

そんな疑問を隠さないマクガレンに、相手は唐突《とうとつ》に言う。

「――あなたは嘘《うそ》が吐《つ》けるだろうか？」

「は？」

マクガレンは怪訝な顔をする。

田舎の、あまり領主の関心も薄《うす》い土地の管財人を長くやっていれば、それなりに嘘は上達する。特に気まぐれに使用人仲間の素性《すじょう》について文句を付けるような公爵をあしらうために、マクガレンは数え切れないほどの嘘を吐いてきた。しかし、それをこんな風に改まって訊《たず》ねられるとは思いもよらなかった。

「嘘の種類にもよるかと思いますが……」

相手の望みが分からないまま、正直にそう言えば、相手は真剣《しんけん》な顔で言う。

「一生、墓まで持って行かなければいけない。そんな類《たぐ》いの嘘だ」

「――それを、あなたは私に吐けと仰《おっしゃ》る？」

「そうなる。無理なら断ってくれて構わない」

「しかし、嘘の内容もそれに関する事柄《ことがら》も何も教えて貰《もら》っていないのに判断をすることなどは出来ません。どういうことなのか、説明をしていただけませんか、殿下」

畏《かしこ》まった口調で問うマクガレンを、新緑色の瞳がじっと見つめる。

それから、ランフォードが口を開いた。

「あなたたちの仲間に関することだ」

「――私たちの仲間？」

「いや、家族と呼んだ方が良いのか。ダンザにある公爵邸の、使用人棟《とう》で暮らす人たちに関《かか》わることだ。あなたが嘘を生涯《しょうがい》吐くことを決めたら、もちろん彼らにもその嘘を吐き続けて貰いたい」

「何を──仰っているのですか？」

ウェロン王国に、隣国のあんな田舎《いなか》の公爵《こうしゃく》領がどう関係してくるのか。

訳が分からずに問いかけるマクガレンに対して、ランフォードは淡々《たんたん》と言葉を続けた。

「半年ほど前に、あなたたちの屋敷《やしき》から姿を消した──黒髪《くろかみ》の下働きのことだ」

途端《とたん》に、頭の中にはその顔が浮《う》かぶ。

マクガレンは無礼になるのも構わずに、椅子《いす》から腰《こし》を浮かせて前のめりになった。

「シェインのことですか!?」

──どれだけ手を尽《つ》くして捜しても見つからなかった、うちの末王子。

思いも寄らない名前を、こんなところで聞かされて呆然《ぼうぜん》としていると、ランフォードは淡々と言葉を続けた。

「その子のために、一生嘘を吐き続ける覚悟《かくご》はあるか？」

「あります」

マクガレンは返答に迷わなかった。

「それは──あなたの『家族』も同じと考えてよろしいか？」

「もちろんです」

雨の中、あの子を拾ったのはマクガレンだ。

声を無くして、それでも一生懸命《いっしょうけんめい》に生きてきた痩《や》せた黒猫《くろねこ》。

連れ帰って、すべてに怯《おび》えるシェインの世話を甲斐甲斐《かいがい》しく焼いたのはメイド頭《がしら》のアリスと、メイドのハンナだ。

痩せた体を嘆《なげ》いたグレッソンは、せっせと食事と栄養を与えることに躍起《やっき》になった。

下働きのリリアはすぐに持ち前の明るさでシェインに馴染《なじ》み、あれこれと仕事を手伝いながらよく話しかけていた。

従僕のルナルドとジョイスも、自分が知っていることは、なんでもよく教えて兄のように気を回していた。

執事長《しつじ》のバーナードは、厳しく接するように心がけていたが、するすると文字の基本を覚えていくシェインの様子を、裏では手放しに褒《ほ》めていた。

最初は怯えたようにこちらを窺《うかが》う以外に表情を浮かべなかった子どもが、徐々《じょじょ》に手放しに笑うようになり、その笑顔《えがお》が輪の中にあることが当たり前になった。

今、ダンザの屋敷ではその輪が途中《とちゅう》で切れている。

せめてどうなったのか、消息だけでも知りたい。

寒々とした不在に対して、常にそう思っていた。

「どうか教えてください。どんなことでも構いません」

マクガレンは立ち上がると、深く頭を下げた。

そんなマクガレンの様子を見つめていた銀髪《ぎんぱつ》の狼獣人は、ふっと息を吐《は》いて言った。

「あなたに私の伴侶を紹介《しょうかい》したい」

付いてきてくれ、と言う声に、マクガレンはどこか夢見心地《ゆめみごこち》のままに従った。伴侶ということは、紹介されるのはヴェルニルの末王子だろう。偶然《ぐうぜん》にも、ダンザの公爵邸《てい》の使用人棟に住んでいた黒猫と同じ名前を冠《かん》した王子。

それをどうしてマクガレンに引き合わせようとするのか、それが消えてしまったシェインとどう関係するのか分からない。

分からないけれど、妙《みょう》な予感がマクガレンの胸を叩《たた》く。

やがて案内されたのは、一つの扉《とびら》の前だった。

それに手をかけたランフォードが、扉を開け放つ。長椅子《ながいす》が見えた。どうやら読書をしている最中の、黒髪の猫獣人《じゅうじん》の姿もはっきりと見える。

――あれは。

マクガレンは思わず言葉を失った。

ランフォードはそれに構わずに、中に向かって呼びかける。

「――シェイン」

ぱっと顔を上げた時、一番に飛び込んできたのは菫色《すみれいろ》の瞳だった。

幼い、あどけなさを残す顔。記憶《きおく》よりも少し大人びたその顔が、驚《おどろ》いたように目を見開く。

それから、くしゃりと顔を歪《ゆが》めるのにマクガレンは思わず大声でその名前を呼んだ。

「――シェイン！」

冷たい雨の中見つけた黒猫は、顔をぐしゃぐしゃにしながらマクガレンの腕《うで》の中に飛び込んできた。

＊＊＊＊＊

「お前の結婚《けっこん》式だと知っていたらなぁ。そうか、そうか。お前は幸せなのか。良かった良かった。お前の式なら、バーナードの奴《やつ》は仕切りたがっただろうし、ルナルドもジョイスも喜んで手伝いをしただろうに。アリスだって、お前の花嫁衣装《はなよめいしょう》を作りたかっただろうし、ハンナもリリアも祝いに一刺《ひとさ》ししたかっただろうなぁ。グレッソンの奴にはなんて言おうか。あいつは、お前の式に自分以外の料理人の料理が並んだなんて知ったら怒《いか》り狂《くる》うぞ。顔が浮かぶようだろう？　そうか、そうか――良かった。良かったなぁ、シェイン。見つけてやれなくてすまなかったな、大変だったたな。――私たちがあの時に守ってやれなくて、すまなかったなぁ」

以前よりも少し痩せたマクガレンの腕に抱《だ》かれて、たくさんの言葉を受けながら、シェインは目が溶《と》けるのではないかというぐらい良く泣いた。

シェインを抱き締《し》めたマクガレンも、顔をぐしゃぐしゃにして泣いていて、涙《なみだ》を拭《ぬぐ》うために取り出したハンカチが、旅路の無事を祈《いの》ったアリスとハンナとリリアの刺繍《ししゅう》がそれぞれ入ったものだったことに気付いて二人はまた泣いた。

ランフォードはマクガレンに深く頭を下げた。

「申し訳ないが、帰してはやれない。大切にするので、許して欲しい」

真摯《しんし》な謝罪にマクガレンは何度も何度も頷《うなず》いて、それから頭を下げた。

「どうかお願いします」

幸せにしてください、シェインを。

そう言って頭を下げる管財人は、翌日の式で誰《だれ》よりも泣いた。

銀色の指輪。それにお互《たが》いの瞳《ひとみ》の色と同じ宝石をはめ込んだそれを、互いに交《か》わす二人は、誰よりも輝《かがや》いていた。

＊＊＊＊＊

ヴェルニル王国のロールダール公爵領ダンザの公爵邸の使用人棟には、一枚の絵がかけられている。隣国《りんごく》に嫁《とつ》いだことで知られる猫獣人の王子と、王弟《おうてい》を描《えが》いた肖像画《しょうぞうが》だ。

二人の仲睦《なかむつ》まじさは有名で、二人の並ぶ肖像画は、両国民から評判が良く好んで飾《かざ》られることが多い。

腕の良い絵師が描いたものなのだろう、その肖像画には、巷《ちまた》で溢《あふ》れる肖像画と違《ちが》う点が一つだけあった。肖像画を飾る額縁《がくぶち》に、彫《ほ》り込まれた文字である。

――愛すべきうちの末王子。

ある日、新しく入った使用人が壁《かべ》にかけられている絵に気付いて、不思議そうに訊《き》く。

「どうして『うちの末王子』なんですか？」

愛すべき我々《われわれ》の末王子、というのは嫁いでしまった猫獣人の末王子に国民からよく向けられる愛称《あいしょう》である。それがこの屋敷では微妙《びみょう》に違う。

その質問に、古株の使用人たちだけは、そっと目を見交わして笑って言う。

「――幸せな秘密だよ」

ウェロン王国の騎士《きし》ランフォードと、その伴侶《はんりょ》の猫獣人シェインは、終生仲睦まじく暮らしたと今もよく知られている。

END

あとがき

こんにちは、あるいは初めまして。貫井《ぬくい》ひつじです。

このたびは、拙著《せっちょ》をお手に取っていただきありがとうございます。

色々なことがあって、その度《たび》に七転八倒《しちてんばっとう》。満身創痍《まんしんそうい》だけど今日も元気にやっています、やっていこうぜ！　やっていけるよね？　みたいな日々が続いていますね。

皆様《みなさま》、いかがお過ごしでしょうか？

最近、本棚《ほんだな》から溢《あふ》れかえった書籍《しょせき》が本格的に生活空間を圧迫《あっぱく》し始めたので、「これはヤバいな……」と遅《おそ》すぎる危機感に駆《か》られて断捨離《だんしゃり》を始めました。断捨離のコツは「心がときめかなくなったものは捨てること」なのだそうです。なるほど、と思いながら本棚に向かうこと数時間。「これは○○先生の大傑作《けっさく》！」「この本は××のシーンに号泣させられる名作！」「△△先生の台詞遣《せりふづか》いの秀逸《しゅういつ》さが光る一品！」などなど、思い出が走馬灯のように巡《めぐ》り、まったく本の整理が進まないことに気付きました。

せめてとばかりに、ジャンル分けだけは行いましたが焼け石に水。そして、通販《つうはん》サイトで購《こう》入《にゅう》した新刊本が今日も部屋を埋《う》めていく……。

いや、だって、本にときめかないことってあるの……？　無いよね……？　(自問自答)。

本棚に収まっているから大丈夫《だいじょうぶ》。まだ本を置くスペースがあるから大丈夫。生活する最低限のスペースがあるから大丈夫。床《ゆか》が抜《ぬ》けていないから大丈夫。言い訳ばかりが年々ダイナミックになっていく駄目《だめ》な大人です。頑張《がんば》ろう、断捨離……。

さて、本作品の編集担当様並びに、イラストを担当して下さった芦原《あしはら》モカ先生には大変お世話になりました。

勢い任せに趣味《しゅみ》で書き出した作品を拾って下さり、手直しして立派な書籍にして下さった編集担当様には感謝の念に堪《た》えません。いつもありがたい限りです。

そして、イラストを担当して下さった芦原先生。よく読むと状況《じょうきょう》が「？？？」な部分をご指《し》摘《てき》下さり、ありがとうございました。どんな構図でしょう、と担当様に訊《き》かれて真顔で「どんな構図なんでしょうね？」と言ってしまった貫井です……。お忙《いそが》しい中、素敵《すてき》なイラストを仕上げていただきありがとうございました！　シェインの可愛《かわい》さはもちろんですが、ランフォードが吃驚《びっくり》するほどイイ男でラフを見て「お前、こんなに格好良かったのか……!?」と驚愕《きょうがく》しました。本当にありがとうございます。こんな貫井ですが、これからもよろしくしていただければ幸いです。

最後に、読者の皆様。少しでも本作品をお楽しみいただけたなら幸いです。まだまだ、どうなるか分からない世の中ではありますが、少しでも安らぎの一時を提供出来ていればと思います。また、お会いできる日がくるのを心よりお待ちしています。

最後のページまでお付き合い下さり、誠にありがとうございました。

貫井　ひつじ

狼殿下《おおかみでんか》と身代《みが》わりの黒猫恋妻《くろねここいづま》

貫井《ぬくい》ひつじ

KADOKAWA RUBY BUNKO

角川ルビー文庫　　22811

2021年9月1日　初版発行
2024年10月15日　3版発行

発行者――山下直久
発　行――株式会社KADOKAWA
〒102-8177　東京都千代田区富士見2-13-3
電話 0570-002-301（ナビダイヤル）
印刷所――株式会社KADOKAWA
製本所――株式会社KADOKAWA
装幀者――鈴木洋介

●お問い合わせ
https://www.kadokawa.co.jp/（「お問い合わせ」へお進みください）
※内容によっては、お答えできない場合があります。
※サポートは日本国内のみとさせていただきます。
※Japanese text only

ISBN978-4-04-111868-9　C0193　定価はカバーに表示してあります。

◆◇◇

KADOKAWA RUBY BUNKO

角川ルビー文庫

いつも「ルビー文庫」を
ご愛読いただきありがとうございます。
今回の作品はいかがでしたか？
ぜひ、ご感想をお寄せください。

〈ファンレターのあて先〉

〒102-8177 東京都千代田区富士見 2-13-3
株式会社KADOKAWA
ルビー文庫編集部気付
「貫井ひつじ先生」係